Veneno digital

Walcyr Carrasco

Ilustrador: Adams Carvalho

editora ática

Veneno digital
© Walcyr Carrasco, 2013 · www.walcyrcarrasco.com.br

GERENTE EDITORIAL • Fabricio Waltrick
EDITORA ASSISTENTE • Carla Bitelli
ESTAGIÁRIO • Alexandre Cleaver
COLABORADORA • Lígia Azevedo
COORDENADORA DE REVISÃO • Ivany Picasso Batista
REVISORAS • Flávia Yacubian, Alessandra Miranda de Sá

ARTE
PROJETO GRÁFICO • Tecnopop (Marcelo Curvello, Felipe Kaizer)
COORDENADORA DE ARTE • Soraia Scarpa
ASSISTENTE DE ARTE • Thatiana Kalaes
ESTAGIÁRIA • Izabela Zucarelli
DIAGRAMAÇÃO • Balão Editorial

FONTE • FF Quadraat (Serif, Sans, Sans Condensed & Head),
de Fred Smeijers, editada pela FontShop em 1993

CIP-BRASIL – CATALOGAÇÃO NA FONTE
SINDICATO NACIONAL DOS EDITORES DE LIVROS, RJ

C299v

Carrasco, Walcyr, 1951-
Veneno digital / Walcyr Carrasco ; ilustração de Adams
Carvalho. - 1.ed. - São Paulo : Ática, 2013.
136p. : il. - (Sinal Aberto)

Contém suplemento de leitura
Inclui apêndice
ISBN 978-85-08-16114-0

1. Ficção infantojuvenil brasileira 2. Romance brasileiro.
I. Carvalho, Adams. II. Título. III. Série.

12-4990.   CDD: 028.5
                                             CDU: 087.5

ISBN 978 85 08 16114-0 (aluno)

CL: 738275
CAE: 272487

2023
1ª edição
10ª impressão
Impressão e acabamento: HRosa Gráfica e Editora

Todos os direitos reservados pela Editora Ática, 2013
Avenida das Nações Unidas, 7221 – CEP 05425-902 – São Paulo, SP
Atendimento ao cliente: 4003-3061 – atendimento@aticascipione.com.br
www.aticascipione.com.br

IMPORTANTE: Ao comprar um livro, você remunera e reconhece o trabalho do autor e o de muitos outros profissionais envolvidos na produção editorial e na comercialização das obras: editores, revisores, diagramadores, ilustradores, gráficos, divulgadores, distribuidores, livreiros, entre outros. Ajude-nos a combater a cópia ilegal! Ela gera desemprego, prejudica a difusão da cultura e encarece os livros que você compra.

sinal aberto  *comportamento*

História de amor e rivalidade

Existem sonhos de todo tipo: ter mais dinheiro, seguir esta ou aquela profissão, viver uma grande história de amor... Mas será que **temos coragem** de ir atrás deles, de **enfrentar as dificuldades** que encontraremos no caminho? Será que vale qualquer coisa para alcançar nossos objetivos?

Camila, a protagonista deste livro, queria mais que tudo ser atriz. Foi preciso a vida da família mudar radicalmente para convencer os pais a deixá-la cursar teatro. Não imaginava quantas pessoas — **e tão diferentes!** — compartilhavam o sonho dela. Logo se sentiu intimidada. E o pior, bastou entrar na sala de aula para virar alvo de comentários maldosos. Especialmente de Soraya, a menina mais talentosa do curso e namorada de Bruno, que tanto chamou a atenção de Camila.

Entre a **montagem de Romeu e Julieta** e a experiência da **primeira paixão**, Camila descobre que sonhos compartilhados podem, às vezes, transformar companheirismo e amizade em rivalidade. E podem também ter o efeito contrário: unir aqueles que não eram muito próximos.

É esta a história que ela nos conta, lembrando que **somos responsáveis por nossos atos** e que todos eles têm consequências — nem sempre reversíveis.

Não perca!
- Um caso de bullying virtual: as agressões que se estendem para o mundo digital.
- Por trás das cortinas: conheça um pouco mais sobre o universo das artes cênicas.
- Como Romeu e Julieta, o casal desta história precisa superar grandes obstáculos para viver seu amor.

PENAS AO VENTO

Há muito tempo, um homem caluniou o sábio local entre as pessoas da cidade. Mais tarde, o tagarela *arrependeu-se*. Deu-se conta do dano que causara e foi ao sábio pedir perdão.

— Estou disposto a fazer qualquer coisa para reparar o meu erro! — disse.

— Só tenho um pedido. Abra um travesseiro e espalhe as penas ao vento — respondeu o sábio.

Mesmo intrigado, o tagarela fez o que o sábio pediu. E foi procurá-lo novamente.

— Estou perdoado? — perguntou.

— Antes, vá e ajunte todas as penas — respondeu o sábio.

— Impossível! O vento já as espalhou.

— Reparar o dano causado por suas palavras é tão difícil quanto recolher as penas — concluiu o sábio.

A lição desse antigo conto judaico é clara: uma vez proferidas, as palavras não podem ser recuperadas. Talvez seja impossível sanar o mal que causaram. Ainda mais agora, com a internet, onde qualquer *maldade se espalha* ainda mais depressa que penas ao vento.

1

Escolhi o jeans mais velho. Camiseta branca e folgada. Jaqueta jeans rasgada nos cotovelos. Tênis no fim da linha. Tirei a correntinha de ouro com um pingo de brilhante de pingente, que ganhei da minha avó materna. Guardei numa caixinha da cômoda, onde também deixei meus anéis. Olhei no espelho: meus cabelos ainda estavam muito arrumados. Remexi os cabelos com a ponta dos dedos até ficarem desgrenhados. Em vez da bolsa de grife, ainda com jeito de nova, peguei uma mochila. Estava pronta! Só faltava a parte mais difícil: sair sem que minha mãe, Leda, percebesse.

Abri a porta do quarto com cuidado. Ouvi o ruído da televisão no quarto de meus pais. Andei rapidamente até a porta da sala. Tudo estava planejado. Do corredor gritaria:

— Estou indo, mãe!

Nem esperaria o elevador. Desceria correndo pelas escadas.

Deu errado. Quando botei a mão na maçaneta, mamãe saiu do quarto. Bem-arrumada, como sempre. Ainda com a roupa do emprego de secretária/recepcionista que havia conseguido recentemente. Vestia saia, blusa e colarzinho de pérolas.

— Camila, aonde vai vestida desse jeito?

Quis explicar. Era minha primeira aula do curso de teatro. Anteriormente, eu já participara de grupos amadores. Sempre mexiam comigo por eu ser a mais arrumadinha. Para falar a verdade, não me importava com as brincadeiras da turma do teatro. No meu antigo colégio, a maioria das garotas se vestia como eu.

Agora muita coisa tinha mudado na minha vida. Estávamos morando em outra cidade. De manhã eu frequentava um colégio, com uniforme obrigatório. E estava prestes a realizar o meu sonho. A duras penas meus pais tinham dado autorização para eu estudar na Escola Livre de Teatro, mantida pela prefeitura. Era um curso noturno. Meu sonho sempre foi ser atriz!

Queria ser bem-aceita pelos novos colegas, futuras atrizes e atores como eu. Durante a seleção, em que havia mais de trezentos candidatos, percebi que ninguém se vestia do meu jeito, com saia bem passada, blusa de rendinha e sapato de salto. Todos usavam roupas descoladas, camisetas, jeans e tênis. "Mamãe me veste como uma boneca!", pensei. Sempre tive vontade de me arrumar do meu jeito, ter uma aparência mais descontraída. Principalmente agora, na turma do teatro. Não queria parecer diferente dos outros alunos. Como explicar isso para a mamãe sem magoá-la?

Não tive chance de abrir a boca:

— Vai para a selva, Camila? Disfarçada de onça brava, com esses cabelos desgrenhados?

Ainda tentei:

— Mãe, eu não quero que me chamem de patricinha...

Ela me puxou para o sofá.

— Vamos conversar.

Olhei para o relógio. Precisava ir. Não queria me atrasar no primeiro dia de curso. Meu coração batia rápido. Era meu primeiro passo para ser atriz!

— A gente não pode falar depois?

— Camila, bota uma coisa na sua cabeça. Não é porque seu pai está ganhando menos que você vai se vestir mal. Filha minha não anda de camiseta velha e jeans esburacado.

— Mãe, não tem nada a ver com a grana. É moda se vestir assim, do jeito que estou!

— É puro mau gosto. Eu não sei onde minha cunhada estava com a cabeça quando deu esse jeans de Natal pra você!

Pobre tia! Ela me perguntou o que eu queria de presente. Só quis me agradar! Pedi o jeans rasgado. Mamãe nunca me deixava comprar, dizendo: "A troco do quê vou comprar roupa rasgada, com jeito de velha?".

Consegui ganhar de presente, mas nunca podia usar.

Mamãe continuou:

— É moda para quem não sabe se vestir. Ainda vou jogar isso fora! Essa jaqueta também! Você só comprou porque adoçou seu pai!

— É a minha preferida.

— Também não vai sair com os cabelos desse jeito.

Desisti de argumentar. Se prolongasse a conversa, perderia a aula. Voltamos para o quarto. Topei me trocar. Coloquei uma saia comprida que parecia roupa de velha. Uma blusa branca com bordado também branco na frente. E sandálias envernizadas de salto baixo. Devolvi a mochila. Peguei a bolsa de grife. Mamãe me avaliou:

— E a correntinha com pingente?

— Mãe, vou chegar atrasada!

— Sempre usa a correntinha, o que deu em você agora?

Em seguida, escovou rapidamente meus cabelos e fez um rabo de cavalo. Corri para a porta. A noite caía. Tinha pouquíssimo tempo para chegar. Mamãe abriu a bolsa e me deu algumas notas.

— Pegue um táxi.

— Mãe, não temos dinheiro para ficar gastando com táxi!

Ela reagiu, ofendida:

— Agora também comecei a trabalhar. Depois economizamos em outra coisa. Quero que chegue linda e bem-arrumada para causar boa impressão no seu primeiro dia de aula!

Desceu comigo e fez sinal para um táxi. Enquanto eu entrava, debruçou-se na janela do passageiro e avisou:

— Cuide bem da minha filha!

Eu me senti péssima. Mamãe sempre dizia: "Você é minha bonequinha". Era como eu me sentia, uma boneca! Já sabia: o pessoal da escola de teatro ia me apelidar de "patricinha".

Ser patricinha era uma qualidade no colégio particular onde eu havia estudado até o ano anterior. A maior parte das alunas se vestia com roupas de grife, usava bolsas importadas e joias de verdade. Muitas garotas passavam tardes inteiras no cabeleireiro fazendo luzes, escova e unhas. Algumas mais velhas já tinham feito até plástica. E se divertiam quando eram chamadas de patricinha. Eu nunca fui tão vaidosa quanto elas. Depois dos grupos amadores de teatro, onde todo mundo era mais descolado, tentei mudar o jeito de me vestir. Mamãe impediu. Nunca me deixava comprar as roupas que eu queria. Enchia meu armário de vestidos, saias, meias, echarpes, blusas. Gastava fortunas em roupas para mim. E também para ela mesma. Vou dizer a verdade: mamãe passava a maior parte do tempo com as amigas fazendo compras no shopping. Ou no cabeleireiro, na esteticista. Às vezes, brincando, mamãe dizia para as amigas:

— Eu adoro ser perua!

Quando eu dizia que pretendia ser atriz, ela respondia:

— Tira isso da cabeça!

Eu teimava:

— É o meu sonho!

Mamãe era completamente contra. Queria que eu fizesse uma faculdade. E que eu me casasse bem, com um bom rapaz. De preferência rico!

— Eu não sou moderna! Criei minha filha pra casar! — avisava.

Há dois anos nossa vida mudou. Meu pai, Antônio, era vice-presidente de um grande banco. De uma hora pra outra, perdeu o emprego. Não foi acusado de incompetência. Eu não entendo muito do mundo dos negócios. Mas sei que houve uma fusão entre o banco onde meu pai trabalhava e outro, maior. De repente, para cada cargo havia duas pessoas. Resolveram manter a diretoria do banco comprador. Quando papai chegou em casa e deu a notícia, ninguém se preocupou.

— Logo você arruma outro emprego, até melhor — disse mamãe.

Papai também estava convencido disso.

— Tenho mais de vinte anos de experiência na área financeira. Vai ser fácil encontrar uma colocação.

Nossa família continuou gastando como na época das vacas gordas. Morávamos em um apartamento de quatro dormitórios em um prédio luxuoso de São Paulo, com academia de ginástica e piscina. Eu estudava em um colégio com uma das mensalidades mais altas da cidade. Minha mãe continuou indo aos shoppings com as amigas e também lotando nossos armários de roupas, sapatos e bolsas de grife. Uma cozinheira e uma arrumadeira cuidavam do dia a dia. Tínhamos um apartamento no Guarujá, pertinho do mar. Íamos para lá quase todo fim de semana. Mesmo sem emprego, na praia, papai sempre nos levava a ótimos restaurantes, sem economizar nos camarões, peixes e frutos do mar. Mamãe tinha diploma universitário, mas não trabalhava desde que nasci. De uma hora para outra, o dinheiro não entrava, só saía.

Papai demorou a cair na realidade. Primeiro, as poucas economias no banco desapareceram. O dinheiro que recebeu na rescisão do emprego (e era uma boa quantia!) evaporou. Depois de uns seis meses, soou o alarme! Papai descobriu que só tinha o suficiente para cobrir as despesas mínimas do mês seguinte. Para seu horror, nem sobrava para pagar meu colégio! Pior ainda, mamãe não queria cair na real. Nunca vou esquecer as discussões.

— Você recebeu tanto quando saiu do emprego! **Onde foi parar todo aquele dinheiro?** — espantava-se ela.

Papai mostrava as contas:

— As despesas continuaram altas. Olha só o que você gastou no cabeleireiro.

— Quer que eu ande como uma palhaça?

Durante dois meses, papai fez empréstimos no banco para nos manter. Ainda acreditava que encontraria um novo emprego de uma hora para outra. Fazia entrevistas, duas ou três por semana.

— Quando arrumar um trabalho do meu nível, a gente sai do sufoco em um mês!

Mas nunca era escolhido para a vaga. Com juros altíssimos, a dívida aumentava sem parar. O banco se recusou a dar novos empréstimos. **Papai baixou suas expectativas.** Procurou as agências de emprego (ele falava em *headhunters*, como se faz entre altos executivos). Avisou que aceitaria qualquer oportunidade, mesmo um cargo menos importante, com salário menor. Mesmo assim não apareceu nada. Um dia desabafou, decepcionado:

— Estou em plena forma. Mas me acham velho! E nem fiz cinquenta anos!

Fez mais entrevistas, disputou outras vagas. Mas não queriam contratá-lo por ter um nível muito acima do pedido.

— Argumentam que sou qualificado demais para o cargo. Que vou me frustrar.

Só havia uma alternativa: recorrer à família.

Minha avó materna, Lyris, viúva, era considerada rica. Vivia em um casarão. Tinha propriedades. Mas nunca se deu com meu pai, que vinha de uma família humilde.

Foi então a seus pais que ele recorreu em primeiro lugar. Viviam no interior de São Paulo, em uma casa pequena. Meus avós paternos eram funcionários públicos aposentados. Dinheiro não tinham para emprestar.

— Venham morar com a gente! — convidou vovó.

Mamãe foi contra.

— Não vai dar certo. Sua irmã já vive com eles. Não cabemos naquela casinha!

Era verdade. Minha tia Alda, divorciada, abrigara-se na casa de meus avós para diminuir as despesas. Tinha um filho pequeno! O espaço estava apertado. Papai agradeceu, mas recusou. Mesmo porque voltar a depender dos pais depois de adulto, casado e com uma filha seria admitir a derrota.

O jeito foi recorrer aos meus tios, irmãos de mamãe. Eram médicos de sucesso. Os dois se espantaram com nossa situação. Não tinham a menor ideia do que se passava. O mais velho, cardiologista, emprestou o suficiente para as despesas imediatas. Ao menos meu colégio ficou em dia! Mesmo assim, foi preciso vender o apartamento, porque as dívidas com o banco não paravam de crescer. Devido à pressa, foi arrematado por um preço bem menor do que valia. Mas o comprador aceitou pagar os condomínios e impostos atrasados. O apartamento do Guarujá também foi embora. Ainda assim sobrou muito menos do que papai esperava.

Apesar da crise, mamãe ainda teimava:

— Você podia ter esperado para vender o apartamento, Antônio! Onde vamos morar agora? Por que não consegue emprego, se tem tanta experiência?

Papai silenciava, amargurado. Para ele, a falta de dinheiro era uma humilhação.

Quem finalmente encontrou uma saída foi o tio Celso, irmão mais novo da mamãe. Dermatologista, tinha uma clínica de estética bem movimentada, onde algumas clientes esperavam meses para marcar consulta. Um de seus amigos estava montando uma clínica semelhante em uma cidade grande e bem desenvolvida próxima a São Paulo. Meu tio pediu uma chance para papai, que foi contratado como administrador. O salário era muito menor que o de seu antigo emprego no banco. Quando eu digo muito menor, bota menor nisso! E teríamos que mudar para a cidade, que concentrava muitas indústrias e na prática era ligada a São Paulo. É o que chamam de cidade-satélite. Mesmo assim mamãe foi contra:

— Não quero morar longe! Você vai arrumar coisa melhor!

Papai foi firme:

— Não podemos viver de empréstimos. Nem temos mais onde morar. Esqueceu que vamos entregar o apartamento?

O dinheiro que sobrou foi suficiente para comprar um apartamento de dois quartos na nova cidade, em um bairro de classe média. Em um prédio bonito, mas sem luxo.

— É uma caixa de fósforos de tão pequeno! — reclamou mamãe.

Eu olhava para meu pai e ficava triste. Parecia tão angustiado! Não suportava mais tanta discussão, tanto desespero por causa de dinheiro! Tentei animar mamãe:

— O apartamento vai ficar lindo! A gente vai deixar bem-arrumadinho!

— Mas o que minhas amigas vão dizer?

Pobre mamãe! Não devia ter se preocupado. Quando ficou sem grana para ir ao shopping, ao cabeleireiro caro, foi automaticamente excluída do círculo que frequentava. Como não podia participar das tardes de compras, dos jantarzinhos, as amigas foram se afastando. Só sobrou uma, Fanny, sua colega desde os tempos de escola. Era diferente das outras: trabalhava, tinha feito carreira como jornalista. As duas não se viam com frequência: a rotina de uma era muito diferente da rotina da outra. Mas foi Fanny a única amiga que realmente sobrou. Também foi ela que convenceu mamãe, entre lágrimas e reclamações, a procurar um emprego. E ajudou a achar a vaga!

— Fui fazer uma reportagem em uma fábrica de bijuterias na sua nova cidade e soube que estão precisando de uma secretária!

Apesar do diploma universitário, mamãe não tinha nenhuma experiência. Foi uma sorte tornar-se secretária e recepcionista da fábrica de bijuterias.

Eu reclamava o menos possível, para não desgostar papai. Sentia falta das baladas, dos bons restaurantes, das compras no shopping. Não nego. Mas a situação me deixava com os nervos à flor da pele. Até no colégio sabiam de nossas dificuldades financeiras! Muitas colegas, filhas de amigas da mamãe, fofocavam.

— Agora ela ficou pobre! — diziam.

Para a maioria da minha turma, filhos de empresários e altos executivos, pobreza era um defeito!

Perdi amigos. Deixaram de me convidar para baladas. Sabiam que eu não tinha dinheiro para ir.

Minha ficha caiu depressa. Papai nunca fora milionário, como parecia. Era um alto executivo. Ganhava bem. Mas nosso nível de vida era muito elevado. Ele nunca guardou nada para uma possível época de vacas magras. Depois de tantas brigas sobre dinheiro, fiquei aliviada quando ele arrumou o emprego e resolvemos nos mudar.

Diz o ditado que, quando a vida nos dá um limão, o melhor é fazer uma limonada. A mudança tinha vantagens.

Vovó Lyris e mamãe eram contra minha vontade de ser atriz. E uma reforçava a outra.

— Esqueça essa bobagem! — dizia vovó.

— Você nunca vai estudar interpretação! — implicava mamãe.

Sabia que longe da vovó seria mais fácil convencer mamãe.

Assim, não me importei em mudar para a cidade industrial, com poucas árvores e muitas ruas cinzentas. Nem com meu novo quarto, metade do tamanho do que tinha antes. Fui para uma escola mais simples, de mensalidade baixa — papai escolheu a melhor que podia pagar, perto do apartamento. Gostava dos meus novos colegas de classe, logo fiz amizade com vários deles. Mas o melhor de tudo é que me senti mais próxima do meu sonho: ser atriz!

Quem sabe, ser no futuro uma famosa estrela de televisão! Poderia dar um novo apartamento para meus pais, grande como o

anterior. Comprar quantas roupas mamãe quisesse! Seria tão bom se eu pudesse ajudar minha família e voltar a ver meu pai de queixo erguido, orgulhoso como antes. Ele diria:

— Minha filha é uma estrela!

Descobri na internet que na cidade havia uma Escola Livre de Teatro, mantida pela prefeitura. Gratuita! Por ser um curso livre, não exigia o ensino médio completo. Eu poderia cursar o colégio e o teatro ao mesmo tempo! Só era preciso passar no exame!

Consegui convencer papai. Com mamãe foi mais complicado, inclusive porque a escola de teatro era à noite. Mas havia um ônibus que passava em frente de casa e me deixava na porta. Finalmente, papai declarou:

— Não adianta, Leda. A Camila só fala em ser atriz faz muito tempo. É melhor fazer o curso agora. Se não gostar, é jovem, tem tempo para procurar outro caminho.

— Mas ela é muito nova!

Eu tinha 16 anos. Se fizesse o curso, aos 19 poderia ser uma atriz profissional.

— Eu não sou tão nova assim, mamãe! Na televisão, no teatro, tem papel para qualquer idade. Tem pra criança, pra jovem, pra velho.

Ela acabou concordando. Durante as férias, estudei as peças pedidas no exame de admissão, que exigia a interpretação de alguns textos. Lembrei-me das dicas do diretor do grupo de teatro do meu antigo colégio. Decorei as falas e ensaiei diante do espelho.

Fui aprovada, entre mais de trezentos candidatos. Era o primeiro passo para realizar o meu sonho!

Mas agora, por insistência de mamãe, eu iria para o meu primeiro dia de aula vestida como uma boneca de vitrine! "Vão pensar que sou esnobe!", temia. Mas o que podia fazer?

No caminho, de táxi, a noite caiu completamente. Cheguei à praça onde ficava a escola. O prédio, bastante pichado. No telhado, uma multidão de pombos. Senti o coração apertado. De repente o lugar parecia tão agressivo! Por um instante, quase desisti! Mas e o meu sonho? Estava decidida a ser atriz. Enquanto pagava o motorista, vi um grupo de alunos, a maioria vestida de preto, com sandálias de dedos ou tênis, conversando na entrada.

Desci do táxi, torcendo para não ser notada.

Caminhei para a porta principal.

Três alunos vinham chegando a pé: um rapaz alto, loiro, de camiseta larga e bermudão colorido; uma garota oriental de cabeça raspada, com várias camisetas e blusas superpostas, bem coloridas, tênis vermelho e saia curtinha. E finalmente a outra mais ou menos da minha idade, com os cabelos cacheados pintados de vermelho, com duas pontas maiores na frente, e vestido de cetim estampado.

Eu já tinha visto os três na prova de seleção. Sempre juntos, conversando e rindo. "Só podem ser da minha turma", imaginei. Tentei sorrir na direção deles. O rapaz retribuiu meu sorriso, simpático. As duas garotas me encararam, avaliando minha sandália de salto, a blusa bordada, a bolsa de grife, os cabelos arrumados e a correntinha com pingente de brilhante. O jeito que me olhavam era insuportável. Desviei para passar por eles e também para longe dos outros alunos aglomerados na calçada. A de cabelos vermelhos cochichou alguma coisa com a oriental de cabeça raspada. Apontou para mim e caiu na gargalhada.

Senti o rosto quente e as orelhas arderem. Entrei no prédio. Já estava apavorada no meu primeiro dia de curso!

2

Fui a primeira a entrar na sala de aula. A impressão foi péssima: paredes descascadas, reboco caindo, pintura velhíssima. Em torno das paredes, muitas carteiras encostadas, deixando o meio da sala livre. A maioria no fim da linha. Um bom número delas, quebrada. Se houvesse um hospital de carteiras, estariam internadas, e boa parte na UTI! Sentei bem perto da parede do fundo. Não queria que ninguém me notasse. Pensei: "Será que mamãe tem razão? E se eu não tiver nada a ver com este curso, esta turma, este lugar?".

Dali a pouco entrou um carinha gordo, de cabelo moicano. Vestia bata e bermudão.

— É aqui a sala do primeiro ano?

Sorri e fiz que sim. Animado, sentou-se ao meu lado.

— Sou o Tadeu. E você?

— Camila.

Se tivesse cruzado com o Tadeu na rua, teria medo de que fosse agressivo. Sua voz provava o contrário: falava devagar e suavemente.

— Quase me atrasei. Meu expediente termina em cima da hora. Tenho que sair correndo ou nem chego.

— Trabalha no quê?

— Sou garçom numa lanchonete lá no centrão. Superconhecida. Você já deve ter ido.

— Acho que não. Mudei pra cá faz pouco tempo.

— Perdeu. O hambúrguer de lá é fora de série. É um drama pra mim! Devoro uns dois ou três por dia! Estou engordando que nem um barril!

Ouvi Tadeu, curiosa. Até aquele dia, nunca tinha conversado com um garçom, nem em lanchonetes, nem em restaurantes. Também não havia pensado que um garçom pudesse ter problemas ou sonhos como os meus. Era só parte do cenário onde eu comia, ria e me divertia, quase sempre com meus pais.

— Eu já sou ator — continuou Tadeu. — Quero estudar pra tomar pé na profissão. No ano passado fiz uma peça infantil com um grupo. A gente se apresentava nas escolas. Dava pra tirar algum dinheiro. Mas meu pai ficou mal de grana, tive que arrumar uma coisa fixa.

Essa parte eu entendia. Também teria adorado arrumar um emprego para aliviar a situação lá de casa. Meus pais insistiam que por enquanto eu não devia trabalhar. Tadeu concluiu:

— Agora estou aprendendo uns truques de circo. Assim que der, largo a lanchonete. Vou fazer eventos. Pagam bem.

Pensei que seria bom também fazer eventos. Ganhar algum dinheiro. Eu poderia aprender alguma coisa de circo. Em festa infantil sempre contratam palhaços. Eu poderia ser uma palhaça. Mamãe nunca permitiria. Quase ri, pensando na reação dela.

Outros alunos chegavam. Davam um "oi" geral. Sentavam-se. Todos um pouco sem jeito, curiosos pelo primeiro dia de aula. O loiro, a oriental de cabelos raspados e a morena de cachos vermelhos foram diferentes. Entraram alegres, como se fossem donos da escola. As duas cochichavam. Ele sentou-se entre elas, no outro lado da sala. "Será que ele e a de cabelos vermelhos são namorados?", pensei.

Todos os lugares foram sendo ocupados. Menos a carteira ao meu lado. Ouviu-se o sinal. Um garoto negro, de cabelos rastafári, alto e magro, entrou apressado. Carregava duas pernas de pau gigantescas. Por pouco não arrebentou alguns narizes pelo caminho. Foi até um cantinho vazio da parede, no fundo, e encostou lá as pernas de pau. Nesse instante, uma mulher de uns 40 anos, magra, de cabelos encaracolados, entrou também. Olhou séria para o rapaz.

— Que é isso aí?

— Minhas pernas de pau. Eu faço uns bicos, mestra. Com cartaz de loja pendurado nas costas. Venho direto pra cá, não tenho onde deixar as pernas. São meu instrumento de trabalho.

A de cabelos vermelhos e a oriental riram. O garoto virou para elas, bravo.

— Menos, manas, menos! Sou publicitário!

A turma toda caiu na gargalhada. Até eu. A mulher que havia entrado apresentou-se:

— Eu sou a coordenadora do curso. Meu nome é Eliana. Você, qual o seu nome?

— Tomás. Mas todo mundo me chama de Tuca.

— Pode deixar as pernas de pau aí na parede, Tuca. Mas encosta direito. Nós temos um espaço para aulas de circo, qualquer dia vamos pedir para você andar de pernas de pau. Agora ache um lugar. Tem uma cadeira vaga... lá.

A coordenadora apontou para a cadeira ao meu lado. Tuca sentou. Esticou-se todo, com a maior tranquilidade. Percebi que estava num mundo totalmente diferente. No meu antigo colégio ninguém se esticava na frente dos outros! Ele virou a cabeça para o meu lado, com um sorriso:

— E aí, gatinha? Tudo certo?

— Tudo legal — sussurrei.

A coordenadora advertiu:

— Vamos parar com conversas paralelas. Hoje vou dar uma aula introdutória para explicar como funciona o curso.

E falou durante um bom tempo: o curso durava três anos, com aulas de Interpretação, Voz, Cenografia, Figurinos, Música e Teoria do Teatro. Durante os primeiros dois anos, as aulas seriam em salas como aquela em que estávamos.

— São nossas salas de ensaio.

No terceiro ano, as aulas seriam dadas diretamente no teatro. Havia também um galpão para as tais aulas de circo, que eram optativas. E também biblioteca, sala de vídeo, figurino e camarins.

Então ela anunciou:

— Cada turma monta uma peça por ano. Este ano vocês também vão montar a sua.

Todo mundo começou a falar ao mesmo tempo. Que peça seria? Haveria papel pra todos? A coordenadora fez um gesto para nos acalmar.

— Ainda não escolhemos o texto. Para a turma do primeiro ano, costumamos escolher uma peça clássica, com muitos papéis, para todo mundo ter uma oportunidade.

Meu coração bateu mais forte! Dali a pouco tempo eu subiria ao palco! Faria um papel!

As explicações continuaram:

— No intervalo vocês poderão conhecer melhor a escola. Há uma cozinha e um refeitório, onde podem aquecer e comer seus lanches.

— E eu, vou esquentar vento? — perguntou Tuca.

— A escola não tem verba para oferecer lanche aos alunos — disse dona Eliana.

Uma garota magra, de cabelos curtos, toda vestida de preto, ergueu a mão:

— Muitos alunos têm problema de grana. Esta escola é mantida pela prefeitura, devia oferecer refeições.

Pela reação de dona Eliana, percebi que sua opinião era a mesma. Mas disse com voz firme:

— Qual o seu nome?

— Lígia.

— Eu sei que essa é sua primeira aula, Lígia. Pelo jeito tem muitos ideais. Se pudesse, eu ofereceria muito mais. Mas esta escola luta com dificuldades para continuar funcionando.

— O lanche é um direito! — exclamou Lígia.

— Não é hora de entrarmos num debate sobre o lanche. Vou ser franca: a escola já esteve para ser fechada várias vezes. Qualquer tipo de reclamação coletiva, até mesmo um escândalo, pode ser muito ruim pra todos nós. Não quero constranger ninguém. Preciso advertir: eu tenho lutado muito para esta escola continuar funcionando. Conto com vocês para me apoiar.

Um rapaz de camiseta sem mangas aplaudiu. Os outros alunos foram na onda e os aplausos ficaram mais fortes. A de cabelos pretos cruzou os braços, mal-humorada. A coordenadora agradeceu.

— Estaremos juntos por alguns anos. Temos que arregaçar as mangas e trabalhar. No futuro espero que todos vocês tenham uma magnífica carreira!

Observei meus novos colegas. Que turma diferente! Havia dois rapazes atléticos, de cabelos espetados; um garoto moreno de camisa polo e jeans, muito bem-arrumado; uma mulher com uns 30 anos, mais velha que o restante da classe e com os cabelos muito loiros e tatuagens nos braços; mais uma garota de preto, com sombra roxa nos olhos e lábios bem vermelhos, ao lado de outra de jeans e camisete. Meu olhar se deteve novamente nos três que encontrara na entrada. Como se tivesse percebido, o loiro ergueu a cabeça e também me olhou. Mais uma vez sorriu de leve. Meu coração bateu mais forte. Senti que ficava vermelha. Desviei os olhos, mas em seguida não resisti. Olhei para ele de novo! Levei um susto: a garota de cabelos vermelhos me encarava, com raiva. Senti o rosto pegar fogo. Desviei o olhar.

A coordenadora se despediu apresentando o professor de interpretação. Era um homem muito magro, de cabelos grisalhos, maduro, envelhecido. Tive a impressão de conhecê-lo de algum lugar.

— Sou o professor Cássio. Inicialmente vamos fazer exercícios, criar personagens. Vou dar cenas para vocês prepararem sozinhos ou em grupos. A partir dos exercícios práticos, vamos chegar à teoria.

Assustei-me. Grupos? Como me incluir em algum, sem conhecer ninguém? E minha mãe, iria deixar?

O professor continuou:

— Mais tarde estudaremos textos, para analisar a construção de personagens, as intenções de cada fala. Vocês vão construir sua maneira de andar, de falar, suas biografias...

Admirada, lembrei onde já tinha visto o professor! Ele fizera várias novelas de televisão, em papéis muito importantes. Há algum tempo não aparecia em nenhuma trama. Achei que estava envelhecido. E vestia-se de maneira tão humilde! "Pensei que todos os atores ficavam ricos!"

O sinal soou. Saímos animados para o intervalo, para conversar e nos conhecermos. Ninguém se aproximou de mim. Eu me sentia um peixe fora d'água! O pessoal das outras turmas também saiu, e logo os novatos formaram rodas com os veteranos. Eu ouvia as vozes, o riso, a animação. O loiro parecia bem enturmado e, junto com a de cabelos vermelhos e a oriental, batia papo com os alunos das turmas mais adiantadas.

Caminhei até o refeitório, sozinha. Era um salão imenso, com azulejos brancos encardidos que subiam até a metade da parede.

Muitos estavam quebrados, e o reboco aparecia. Mesas de fórmica, com bancos e cadeiras velhas, dispunham-se desordenadamente. Boa parte já estava ocupada por alunos que comiam seus lanches. Alguns estavam numa cozinha anexa, fazendo macarrão instantâneo ou pratos rápidos. Como soube depois, eram moças e rapazes que trabalhavam o dia inteiro e preparavam o jantar no intervalo.

Estava com fome, mas não tinha levado lanche. Uma garota mais velha, com uma enorme cesta, ofereceu:

— Quer um sanduíche natural? Tenho de pasta de frango e de atum.

Abri a bolsa para pegar dinheiro. Tadeu aproximou-se e me deu um toque, mostrando um saco de papel com vários sanduíches.

— Pega um dos meus.

Aceitei. Era muito simpático da parte dele. Sentamos em uma mesa. Ele explicou:

— Eu trouxe vários sanduíches da lanchonete. O patrão deixa. Tem refrigerante também. Só não está muito gelado.

Peguei um refrigerante e um sanduíche de pão ciabbata com rosbife. A alface estava murcha e o queijo derretido meio borracha. Mas mesmo assim estava gostoso, como constatei na primeira mordida. Nesse instante, a menina de cabelos vermelhos veio até mim. E me encarou com um sorriso de deboche.

— Onde é a festa?

Fui tão boba que respondi:

— Que festa?

— Pra você vir tão arrumada, parece que vai numa festa.

Algumas garotas próximas caíram na risada. Vermelha, não soube o que responder. A outra se afastou, comentando:

— Imaginem, essa garota metida a chique querendo fazer teatro.

Um grupo de meninas a acompanhou, provavelmente falando de mim. Murmurei:

— Ela nem sabe quem eu sou e já vem fazer piada!

Tadeu riu:

— Sério? Você não conhece a Soraya?

— Eu não! O que você sabe dela?

— Ela é muito popular. Tinha uma bandinha de rock, desde os 12 anos. Era a vocalista. Até cantava na rádio da cidade, em um programa de calouros.

— Tem mesmo jeito de artista — reconheci.

— É... Leva muito jeito, sim. A bandinha acabou, mas ela canta demais. Às vezes ganha uma grana cantando em festas. Só não ganha mais porque é menor de idade. Mas é certeza que vai estourar como cantora ou atriz.

— Só não sei por que ela não foi com a minha cara.

— Ela é sissi, entende?

— Sissi?

— É, vive "sissintindo"! — riu Tadeu. — Quando a pessoa gosta de se exibir, a gente chama assim, de sissi! Ah, sei lá, todo mundo sempre disse que ela é o máximo, supertalentosa. Já acha que é uma estrela. Não deve ter gostado do seu jeito.

Eu sabia exatamente do que ele estava falando. Mas quis confirmar:

— Meu jeito?

— É... de patricinha!

Tadeu se desculpou:

— Eu acho até legal você se vestir assim. Na lanchonete tem muita cliente patricinha. Só que o povo do teatro implica. Tem mais sintonia com quem se veste de um jeito mais descolado.

Confessei:

— Minha mãe me obrigou a pôr essas roupas. Fiquei igual a uma boneca!

Limpei os dedos em um pedaço do guardanapo engordurado que envolvia o sanduíche. Tadeu riu.

— Mas você é fina! Olha só o seu jeitinho, toda cheia de etiqueta. Veio até com correntinha de ouro e brilhante. Quer um conselho? Não venha mais com joia. Aqui na redondeza tem muito assalto!

— Nem queria vir com a correntinha! Minha mãe me forçou!

Tadeu me consolou:

— Não precisa mudar seu jeito. Você é bem bonita!

Fiquei contente com o elogio. Era espontâneo. Achei que ele não tinha segundas intenções.

— Não é questão de querer mudar meu jeito. Eu gostaria de misturar mais as roupas, ficaria mais legal. Mas sem exagerar. Se aparecer com os cabelos pintados de vermelho, minha mãe infarta!

Fiquei surpresa com a facilidade com que fazia confidências a um rapaz que acabara de conhecer. E de cabelo moicano! Tadeu sorriu e disse, sério:

— Eu acho que você tem dois problemas, Camila. A sua mãe e a Soraya. A Soraya não gostou de você, é óbvio. Aqui na cidade tem muita garota que segue ela em tudo. Como a Tieko, aquela de cabelos raspados, que é igual a um carneirinho. Se a Soraya não gostou de você, muita gente também não vai gostar por tabela.

Nesse instante, senti alguém se aproximar.

— Você é nova aqui na cidade?

Ergui os olhos. Era o rapaz loiro. Fiquei totalmente sem jeito. Ele continuou:

— Nunca vi você, nem em festinha nem em balada... E olha que conheço muita gente!

— Mudei pra cá no final do ano passado. Meu nome é Camila.

— Sou o Bruno.

Sorrimos um para o outro. O sinal tocou. Bruno fez um gesto:

— A gente se fala.

Afastou-se. O rosto de Tadeu transformou-se em uma careta.

— Puxa! Ele olhou pra você de um jeito que vou te contar!

Nem respondi. Fiquei vermelha de novo. Que raiva! Mesmo quando eu tento disfarçar, fico corada e me traio!

— Agora eu sei por que a Soraya antipatizou com você!

— Não entendi.

— A Soraya é louca pelo Bruno, Camila.

— São namorados?

— Namorados eu não sei. Já ficaram muitas vezes. Conheço os dois, vão sempre na lanchonete em que trabalho. Olha, eu sei que se conselho fosse bom era vendido, não dado, mas fica longe do Bruno.

— Eu não fiz nada, Tadeu.

— Eu vi o jeito que você olhou pra ele. Parecia uma garotinha tímida. Ele também não disfarçou. A Soraya é perigosa. Já aprontou com muita gente. Se ela não gostar de você e só, tudo bem. Mas, se virar sua inimiga, vai ser muito ruim. É a pior que você poderia arrumar.

Acenei com a cabeça, mostrando que tinha entendido. Voltamos para a sala de aula. Quando o professor começou a falar, mal conseguia ouvir. Eu pensava no Bruno. Em seu olhar. Angustiada, disse para mim mesma: "E agora? Só de pensar nele meu coração bate mais forte! O que vou fazer? Nunca me senti assim antes, nunca, na minha vida!".

3

Quando chegou a hora de formar o grupo para os exercícios de interpretação, eu me juntei com o Tadeu e a Helô, a aluna mais velha da turma, mais gordinha. Talvez por sermos os que menos tinham amigos entre os outros alunos. Mamãe não gostava de nenhum dos dois.

Todo fim de semana e às vezes durante as tardes, dependendo das folgas de Tadeu, nos reuníamos para preparar os exercícios de interpretação. O professor Cássio dava textos com cenas para estudarmos e interpretarmos. Quando mamãe viu o Tadeu pela primeira vez, se arrepiou. Deu uma desculpa e me chamou na cozinha:

— Quem é aquele rapaz de cabelo esquisito?

— É o Tadeu. Estuda teatro comigo.

— O que ele faz?

— É garçom numa lanchonete.

— Eu não gostei do jeito dele.

Na verdade, mamãe queria dizer que um garçom não era companhia adequada para mim. Se um garoto rico, do meu antigo colégio, aparecesse com cabelos verdes, creio que ela não se importaria. Sua reação à Helô foi ainda pior. Mais velha que todos nós, era divorciada e tinha um filho pequeno. Desde a primeira vez que ensaiamos em casa, mamãe a criticou:

— Ela não tem idade para usar aquele cabelo pintado e aquelas roupas de adolescente! Tem tatuagens! Onde já se viu uma mulher que é mãe desfilar com uma borboleta no ombro?

E mais: para complementar a pensão que recebia do ex-marido, Helô revendia bijuterias da fábrica onde mamãe era secretária. Ficou fácil para mamãe saber de todas as fofocas sobre minha nova amiga.

— Ela namorou um garoto dez anos mais jovem!

E não parava de criticar!

— O marido era um ótimo executivo, trabalhador! Foi ela quem quis se separar!

— Andou envolvida com drogas! Não foi presa, mas os vizinhos reclamam do entra e sai no apartamento.

Se mamãe soubesse! Algumas drogas rolavam direto na escola de teatro. Maconha era comum, especialmente nos cantos mais escuros do pátio, durante as aulas noturnas. Se mamãe descobrisse, me proibiria de fazer o curso! Estaria sendo injusta. Em meu antigo colégio, chique, também havia drogas. Alguns alunos até vendiam para os outros. Quando meus pais falavam a respeito, eu pensava que no fundo eram muito inocentes. Qualquer pessoa da minha idade conhece alguém que usa drogas. Na escola, entre os vizinhos, na família... E às vezes aconteciam histórias trágicas, que a gente ficava sabendo: internações, fugas... até mortes. Mas entre os alunos de teatro era tudo mais aberto. Eu ficava de fora. E por isso o rótulo de "patricinha" pegou mais ainda. Mas de uma coisa eu sabia: não ia deixar as drogas prejudicarem meu sonho de ser uma grande atriz!

A casa de Tadeu era minúscula e cheia de gente. Na minha, mamãe reclamava dos ensaios. Optamos por nos reunir na de Helô. Mamãe não suportava a ideia:

— Essa mulher não é boa companhia. Por que fui deixar você estudar teatro?

Se eu tentava me defender, ela ficava mais nervosa ainda.

— Você mudou muito desde que foi para aquela escola. Eu não estou gostando nada, Camila!

Eu não concordava com muitas coisas na vida de Helô. Ela mal se importava com o filho! Em vez de arroz, feijão, bife, salada, alimentava o garoto com cachorro-quente, hambúrguer e batata frita. Não é à toa que ele estava gordinho! Quando não havia ninguém para ficar com ele, deixava o filho sozinho no apartamento enquanto ia para as aulas de teatro.

— Ele já está acostumado, se vira! — dizia Helô.

Eu não concordava. Principalmente porque Helô não o deixava sozinho apenas quando ia estudar. Eu mesma, depois de alguns ensaios, muitas vezes tomava conta do menino para ela se divertir em alguma balada. Até dormia em seu apartamento. Mamãe não se conformava.

— O que está acontecendo com você, Camila?

— Mãe, eu só fiquei cuidando do filho da Helô.

— Quer que eu acredite nessa desculpa esfarrapada?

Pressionado por mamãe, papai veio falar comigo:

— Eu não estou gostando do tipo de vida que você está levando, Camila.

— Pai, eu estudo no colégio de manhã e faço teatro à noite. Só estudo, o tempo todo.

— A sua mãe não gosta dos seus amigos. Ainda não conheço nenhum, mas ela acha que você está namorando um garçom de cabelos moicanos.

— O Tadeu é só um amigo! Ele não tem namorada.

Eu não podia explicar a papai que, apesar da aparência rebelde, Tadeu era tímido. Dizia que era apaixonado por uma garota que nem olhava pra ele.

Eu me defendia:

— Podem perguntar pra Helô. Ela vai confirmar que fiquei cuidando do Jeffinho.

— Acha que vou acreditar no que ela disser? Está de combinação com você! — retrucava mamãe.

Em seguida, ela acusava papai.

— A culpa é sua, que fez a gente vir morar aqui nesta cidade! Olha só o que está acontecendo com sua filha! Veja com quem ela anda agora!

Eu tentava contornar a situação. O importante era eu mesma saber que não estava fazendo nada de errado!

Nas poucas vezes em que tentei conversar com Helô sobre seu filho, ela cortou a conversa. Argumentava:

— Se eu não estudar agora, quando vou começar? Sempre quis fazer teatro, mas fui trabalhar muito cedo, porque minha família não tinha condições financeiras para me sustentar. Depois, meu ex-marido não deixou. Eu tenho que recuperar o tempo perdido! Um dia meu filho vai entender isso tudo!

Eu me dedicava aos estudos. Queria me tornar uma grande atriz.

Alguns dos exercícios eram muito mais interessantes do que simplesmente decorar um texto.

— Vocês vão sair na rua, observar as pessoas. Vão escolher alguém... e trazer essa pessoa para a classe. Vão improvisar um figurino, andar como ela, falar igual... Dar vida! — pedia o professor Cássio.

E eu aprendia a observar as pessoas!

Era como se eu fosse a princesa Rapunzel, que viveu a vida toda presa numa torre. Sem dúvida, preferia que a minha família tivesse as mesmas condições financeiras do passado. Mas, ao contrário de minha mãe, eu via algo de bom na nossa mudança de vida. Estava descobrindo o mundo de um jeito que não imaginava. Eu sentava na lanchonete onde Tadeu trabalhava e observava os clientes: uma velhinha, malvestida e solitária, que ia todos os domingos comer um hambúrguer; um corretor de imóveis que chegava cheio de pastas e, enquanto fazia a refeição, estudava as fichas dos clientes; duas cabeleireiras de um salão próximo, amigas, que conversavam sobre os namorados e que um dia brigaram aos gritos porque ambas estavam interessadas no mesmo rapaz. O dono da lanchonete, seu Edmar, não se importava que eu ocupasse um lugar por horas seguidas.

— Você é bonita, Camila, com certeza vai ficar famosa. Quando fizer sucesso na televisão e no cinema, vem aqui me agradecer!

Às vezes nem cobrava a conta! Embora, é claro, eu não me aproveitasse. Pedia um suco, um refrigerante, no máximo um sanduíche. Mais tarde, eu e Tadeu imaginávamos a vida daquelas pessoas.

— Acho que o filho daquela velha é rico, mas nunca manda dinheiro pra ela — dizia Tadeu. — E só aparece umas horinhas muito de vez em quando. E a mulher dele não gosta da sogra!

Então a gente criava uma cena da visita do filho. Eu fazia a velhinha, Helô, a nora antipática, e Tadeu, o filho sem amor.

Depois Tadeu virava o corretor de imóveis, eu, a cliente. Ou Helô fazia uma corretora, e eu e o Tadeu, o casal interessado numa casa cheia de goteiras que ela procurava disfarçar. Depois eu e a Helô imaginávamos uma das cabeleireiras encontrando a outra com o rapaz pelo qual estava interessada. Durante os ensaios, chegamos a inventar uma briga de gritos que fez o vizinho bater na porta para saber se estava havendo algum problema. Quando apresentamos a cena, a classe caiu na gargalhada.

— Vocês são uma comédia — comentou Fábio, o rapaz que se vestia de um jeito tão certinho quanto eu, sempre de camisa polo e jeans.

Nossas improvisações se tornaram um sucesso durante as aulas. A turma ria demais! Os colegas diziam que nós três íamos dar certo na carreira. Nessas horas, até deixavam de me chamar de patricinha. Só Soraya e Tieko não gostavam. Quase viravam a cara quando apresentávamos nossos exercícios. A antipatia de Soraya por mim era visível. Ela também era considerada uma futura boa atriz. Mas, nas improvisações, preferia cenas de amor. Ela

e Bruno interpretavam casais que se conheciam, que se apaixonavam ao primeiro olhar, casavam, separavam-se. O professor Cássio advertiu:

— Nas improvisações, o importante é observar as pessoas, decifrar suas emoções. Vocês têm talento. Mas as suas histórias estão muito artificiais.

Era verdade. Principalmente porque em todas Soraya sempre encontrava uma maneira de dar um toque sexy na personagem. Deixava uma manga cair para mostrar o ombro. Usava camisetas customizadas com decote grande. Saias curtinhas e justas. Acabava parecendo mais velha do que realmente era. Mas os alunos — principalmente os rapazes — a adoravam.

— Ela é fantástica!

A maior parte dos meninos da escola queria namorar a Soraya. Mas, embora ainda não fosse assumido, ela já tinha namorado: Bruno.

Sem dizer nada a ninguém, eu sofria ao ver os dois juntos.

Depois do primeiro encontro, quando eu via o Bruno meu coração batia mais rápido. Se ele entrava em cena, nos exercícios, eu me derretia. Parecia um príncipe encantado! Seus personagens tinham um olhar triste. Romântico. Quando falava, abaixava um pouco o tom de voz, como se sofresse. Eu me emocionava. Ele seria assim, tão sensível? Parecia ter simpatia por mim! Ao me ver, sempre me cumprimentava com um sorriso. Na maior parte das vezes, Soraya estava com ele. E, assim, eu nunca conversava com o Bruno!

Finalmente, eles assumiram o namoro na frente de todo mundo. Todos souberam que estavam juntos pra valer.

Começaram na primeira semana de aula. Soraya era completamente apaixonada por ele.

Todas as noites, no final da aula, eu andava duas quadras da escola até o ponto de ônibus. Se ia sozinha, sempre sentia um pouquinho de medo. Às vezes ficava um bom tempo esperando a condução na rua vazia. Quando podia, Tadeu me acompanhava. Mas nem sempre era possível.

Uma noite, sozinha, notei um casal parado na esquina. Até gostei. "Tomara que fiquem aí até o ônibus chegar", pensei. "Eu vou ficar mais segura." Quando me aproximei, vi o casal se beijando, encostado na parede, oculto pela sombra. Claro que eu não devia ter olhado, mas não resisti, porque era um beijo daqueles de novela, bem longo. Fiquei parada no ponto de ônibus. Dali a pouco, olhei para o casal novamente. Não estavam mais se beijando. Conversavam baixinho, como fazem os namorados. E, com um aperto no coração, percebi que eram Bruno e Soraya. Desviei o rosto. Não sei se me viram. Fiquei vermelha, senti vontade de chorar. Por sorte o ônibus chegou logo em seguida. Fui para casa com uma sensação estranha, que eu não conhecia. Quando consegui me trancar no quarto, depois do interrogatório diário de mamãe, deitei na cama e chorei.

— Eu gostava tanto dele!

Era meu primeiro amor. Nunca tinha me sentido tão atraída por alguém. E teria que deixá-lo guardado, bem dentro de mim. Bruno jamais me abraçaria, jamais me beijaria! Resolvi não pensar mais nele.

Não tive coragem de contar nada a ninguém. Nem à Helô, que talvez pudesse me entender. E também contar o quê? Eu nunca trocara mais que algumas palavras com ele! Continuei fechada em mim mesma, sempre séria.

O namoro de Bruno com Soraya ficou mais ostensivo. Agarravam-se pelos cantos. Beijavam-se em todas as ocasiões. Mas às vezes eu percebia que Bruno me olhava de longe, de um jeito diferente. Eu virava o rosto, como se não percebesse. Tentava não pensar mais nele, embora fosse impossível...

Nessa época, as aulas de interpretação passaram para outra fase. O professor ensinou outro tipo de exercício.

— Cada um de vocês vai usar sua memória emocional para compor o personagem.

— Memória emocional? Que negócio é esse? — perguntou Tuca.

— Vão ler o texto e descobrir a emoção que sustenta o personagem. E buscar dentro de vocês um sentimento parecido. Por exemplo, se o texto falar de um amor perdido, vocês procuram se lembrar de uma situação de grande perda emocional.

— Mas... e quem nunca namorou? — perguntei.

A classe caiu na gargalhada. Parece que eu era a única nessa situação.

— Mas essa patricinha é muito boba — disse Soraya em voz alta.

— Por favor, mantenham silêncio — pediu o professor.

E me aconselhou:

— Você pode se lembrar de outro momento de perda que a envolveu intensamente. A morte de alguém, por exemplo.

Guardei a dica na memória.

Dali a alguns dias foi anunciada a peça que iríamos montar. Dona Eliana, a coordenadora do curso, veio pessoalmente falar conosco.

— Este ano vamos fazer *Romeu e Julieta*, de Shakespeare.

Houve um suspiro geral de emoção. *Romeu e Julieta, uma linda história de amor!* Ela continuou:

— Há muitos papéis, e todos são importantes. Nós vamos fazer testes como se fôssemos uma companhia profissional, para vocês aprenderem a conviver com a realidade da carreira.

Eu já sabia: atores, mesmo famosos, sempre fazem testes. As pessoas eram escolhidas para os papéis em função do tipo físico, da idade, da interpretação.

— Desde já quero dizer que nenhum papel é pequeno. Alguns terão papéis com mais falas, outros com menos. O fundamental não é buscar um personagem maior ou menor, mas o aprendizado. Não importa quem vai ser a Julieta, o Romeu, a ama ou um monge! Importa que cada um aproveite a experiência de subir ao palco.

Todo mundo concordou. Mas, é óbvio, quem não queria ser Romeu ou Julieta? Não nego: meu sonho era ser a Julieta! Jamais ficaria contente com um monge quase mudo!

A escola disponibilizou o texto na internet. Mais tarde, o professor Cássio escolheu quem faria teste para cada personagem. *Seriam vários alunos disputando o mesmo papel!* Quase explodi de felicidade quando ele me disse:

— Você vai ser testada como Julieta e também como senhora Capuleto.

Eu não tinha a menor vontade de fazer a senhora Capuleto. Imagina, ser mãe de Julieta?! "Na minha idade? Vai ficar horrível!", pensei.

Ser testada para um papel não queria dizer ser a escolhida. Outras alunas também concorreriam.

— Alguém pode ser testado para um papel e fazer outro completamente diferente — anunciou o professor.

O mais incrível é que Bruno concorreria para Romeu. Mas Soraya também foi escolhida para ser testada como Julieta.

— O papel é meu! — ela falou olhando diretamente para mim. — Ai de quem entrar no meu caminho!

Naquele momento senti um calafrio.

4

Quando cheguei em casa, entrei na internet. Como sempre, vi meus e-mails. Do pessoal do meu colégio anterior, em São Paulo, só continuava falando com a Cris. Era minha amiga de sempre. Sentíamos a falta uma da outra. Ela me dava notícias do pessoal.

"A professora Rebeca se casou. Foi passar a lua de mel em Israel."

Que surpresa! Viúva, com mais de 60 anos, ninguém imaginaria que dona Rebeca fosse se casar novamente.

"O Tomás e a Nívea estão namorando. Mas todo mundo diz que ela continua apaixonada pelo Samuka."

Nívea e Samuka namoraram um tempão. Mas a mãe dele, grande empresária, dona de uma cadeia de lojas de eletrodomésticos, não gostava, porque Nívea era bolsista, filha de uma funcionária da escola. Nívea sofria muito porque os colegas a chamavam de "pobre", "mendiga". Gostava de verdade do Samuka, mas todos comentavam que ela era interesseira. "Deve ter sido pressão da mãe dele", concluí. "Ela só está com o Tomás pra não dar o braço a torcer." Tomás era bom sujeito, mas eu sabia que a Nívea era apaixonada pelo Samuka.

Eu gostava de continuar informada sobre a antiga turma.

Depois de responder o e-mail da Cris e apagar uns dez spams com propaganda de lojas que havia frequentado anteriormente, entrei no site da escola de teatro. O texto já estava disponível, com informações sobre a peça e, é claro, sobre Shakespeare.

Comecei a estudar para o teste fazendo minha própria ficha:

Romeu e Julieta

Autor: William Shakespeare

Shakespeare nasceu em Stratford-upon-Avon, na Inglaterra, em 1564. Escreveu tragédias, comédias, peças históricas e também sonetos. Entre as tragédias, as mais conhecidas são *Romeu e Julieta*, *Macbeth* e *Otelo*. Das comédias, *Sonho de uma noite de verão* e *A megera domada*. Shakespeare faleceu em 1616, na mesma cidade onde nasceu.

A peça

Resumo: Duas famílias rivais, os Montecchio e os Capuleto, dominam a cidade de Verona, na Itália. Mas os jovens Romeu Montecchio e Julieta Capuleto se apaixonam. Por causa da rivalidade entre as famílias, não podem assumir publicamente esse amor. Encontram-se em segredo. Julieta possui uma ama, que é uma personagem muito divertida. O conflito entre as famílias torna-se maior ainda após a morte de Mercúcio, amigo de Romeu, em um duelo de espadas com Tebaldo, sobrinho do senhor Capuleto. Ajudados por frei Lourenço, Romeu e Julieta decidem fugir. O religioso dá uma poção a Julieta para parecer que ela está morta. É então levada para a cripta dos Capuleto. Frei Lourenço envia uma mensagem a Romeu, que está em Mântua, outra cidade italiana, explicando que tudo na verdade foi um artifício e que Julieta vai acordar em breve para fugir com ele. Mas a mensagem não chega a tempo. Romeu é informado da morte de Julieta e parte de Mântua, desesperado. Vai até a cripta de Julieta e suicida-se diante do corpo da amada. O efeito da poção que ela havia tomado passa. Julieta acorda. Ao encontrar Romeu morto, também se mata. Os dois jovens morrem por amor!

Havia duas cenas em destaque, que deveriam ser estudadas para o teste de Julieta. Uma era a cena do balcão:

Cena II — *O jardim dos Capuleto*

Entra Romeu

Romeu — *Só quem nunca sentiu uma ferida na própria pele ri das dores alheias.*

Julieta aparece mais acima, em uma sacada. Vê-se uma luz

Romeu — *Que luz é essa que brilha através daquela janela? Vem do leste e Julieta é o sol!* É minha Julieta. Oh, é o meu amor! *Ah, se ela soubesse o quanto eu a amo! Seus olhos brilham mais que as estrelas do céu! O olhar da minha amada é tão brilhante que, se estivesse no céu, os pássaros começariam a cantar, pensando que já é dia. Como ela apoia o queixo na mão! Ah, se eu fosse uma luva, queria vestir a sua mão para tocar a sua face!*

Julieta — *Ai de mim!*

Romeu — *(à parte) Ela disse alguma coisa! Ah, fale outra vez, anjo de luz!*

Julieta — *Ah, Romeu, Romeu! Por que tens que ser Romeu? Renega teu pai, rejeita teu nome. E, se não quiseres agir assim, basta jurar que me tens amor. E deixarei de ser uma Capuleto.*

Romeu — *(à parte) Devo continuar escutando ou falar agora?*

Julieta — Só teu nome é meu inimigo. *Mas tu és tu mesmo, não um Montecchio. E o que é um Montecchio? Não é mão, não é pé, nem braço, nem rosto, nem qualquer outra parte de um homem! Ah, se tivesses algum outro nome! O que significa um nome? Aquilo que chamamos rosa poderia ter outro nome, mas continuaria com o mesmo doce perfume. E Romeu também, mesmo que não se chamasse Romeu, ainda assim teria a mesma amada perfeição. Romeu, livra-te do teu nome. Em troca de teu nome, toma-me inteira para ti.*

Romeu — Chama-me de teu amor, e serei rebatizado. Nunca mais serei Romeu.

Julieta vê o vulto de Romeu

Julieta — *Quem é esse homem na sombra que ouviu meu segredo?*

Romeu — *Não devo dizer meu nome. Ele se tornou odioso a mim mesmo, porque é inimigo do teu.*

Julieta — *Conheço essa voz: não és Romeu, e um Montecchio?*

Romeu — *Já não sou nem um, nem outro, se te desagradam os dois.*

42

JULIETA — Como vieste aqui? E qual o motivo? Os muros do pomar são altos e difíceis de escalar! E, devido a teu nome, este lugar para ti é sinônimo de morte, no caso de alguém da minha família te encontrar.

ROMEU — As asas do amor me fizeram ultrapassar esses muros. O amor é corajoso e, quando ousa, consegue o que quer. Por isso, teus parentes não são obstáculo para mim.

JULIETA — *Se eles te virem, te matam!*

ROMEU — Ai de mim! O teu olhar é mais perigoso que as espadas de tua família.

JULIETA — Por nada deste mundo quero que eles te encontrem aqui!

ROMEU — O manto da noite me oculta dos olhos deles. Mas, se não me amas, é melhor que me encontrem logo e acabem comigo. É melhor perder a vida pelo ódio dos teus pais a esperar a morte sem o teu amor.

JULIETA — Quem te ensinou a encontrar este lugar?

ROMEU — O amor me indicou o caminho.

JULIETA — Por sorte a máscara da noite cobre meu rosto. Se não fosse assim, verias minhas faces coradas pelo que eu disse esta noite. Ficaria feliz se pudesse negar tudo que disse. *Mas... adeus formalidades! Tu me amas?* Sei que dirás que sim, e aceitarei tua palavra. Mas, se me juras amor, pode ser que seja mentira. Ah, gentil Romeu, se me amas verdadeiramente, diz com fé. Se pensas que foi muito fácil me cativar, eu me magoarei. Serei perversa. E te direi não, para que tenhas que me conquistar. Fora isso, por nada deste mundo me ofenderei contigo. Na verdade, belo Montecchio, estou por ti apaixonada e podes, diante desta confissão, achar que sou leviana. Confia em mim! Vou provar que sou mais sincera que muitas outras que se fazem de difíceis por pura artimanha. Eu deveria ser mais recatada, confesso. Mas já escutaste, sem que eu soubesse, minhas palavras apaixonadas! Perdoa-me! Não interprete como um sentimento volúvel a minha entrega. Eu me confessei somente com a noite escura. Por ter se aproximado em segredo, tu ouviste.

ROMEU — Julieta, juro por esta lua abençoada que este jardim delineia em prata...

JULIETA — Não jures pela lua! A lua é inconstante e a cada mês muda em sua órbita circular. Teu amor pareceria variável também.

ROMEU — Por que ou por quem devo então jurar?

JULIETA — *Não jures, simplesmente. Ou então jura por ti mesmo, e acreditarei.*

ROMEU — Juro pelo amor que está no meu coração...

JULIETA — Não, não jures de maneira alguma. Embora tu me tragas alegria, não me alegro com as promessas desta noite, pois são muito precipitadas, insensatas, súbitas assim como o relâmpago que cessa de existir antes que se possa dizer que ele brilhou. Meu querido, boa noite! Este amor em botão, depois de desabrochar talvez se transforme em uma bela flor, quando nos encontrarmos novamente. Boa noite, boa noite! Que o teu coração repouse e descanse suavemente!

ROMEU — Ah, vou ficar assim insatisfeito?

JULIETA — Que satisfação podes desejar esta noite?

ROMEU — *Prometa para mim o amor eterno.*

JULIETA — Meu amor já prometi antes mesmo que pedisses. Meu amor é profundo como o mar e minha entrega desconhece limites. Quanto mais me entrego a ti, mais eu ganho. *Meu amor e minha entrega são infinitos.*

DE DENTRO OUVE-SE A VOZ DA AMA CHAMANDO

AMA — Julieta, onde estás, Julieta?

JULIETA — Ouço um barulho, é minha ama chegando. Meu amor, adeus! (PARA DENTRO) Já vou, minha boa ama! (A ROMEU) Doce Montecchio, fica mais um pouco que eu já volto!

JULIETA SAI

ROMEU — Oh, noite abençoada! Tenho medo de que, por ser noite, tudo não seja mais que um sonho!

JULIETA VOLTA AO BALCÃO

JULIETA — Três palavrinhas, meu querido Romeu, e depois boa noite! Se o seu amor é honrado e se tens intenção de se casar comigo, envia-me um recado amanhã pela mesma pessoa que mandarei ao teu encontro. Diga onde e a que horas será a cerimônia e eu te entregarei tudo que tenho de mais precioso. E seguirei a ti, meu amo e senhor, a qualquer parte do mundo!

AMA — (OUVE-SE SUA VOZ DE DENTRO DA CASA) Julieta!

JULIETA — (PARA DENTRO) Já vou! (A ROMEU) Mas, se as tuas intenções não forem honrosas, eu te imploro...

AMA — (DE DENTRO) Julieta! Venha!

JULIETA — (PARA DENTRO) Já vou, já vou! (A ROMEU) Terminemos de falar, deixa-me a sós! Amanhã envio uma pessoa ao teu encontro.

ROMEU — *Que minha alma sobreviva...*

JULIETA — Pela milésima vez, boa noite!

JULIETA SAI

ROMEU — A despedida é pior que tudo! Fico sem tua luz! O amor procura o brilho do amor! Mas, quando o amor se separa, torna-se sombrio!

ROMEU COMEÇA A SE RETIRAR DEVAGAR

JULIETA VOLTA AO BALCÃO

JULIETA — Romeu! Romeu!

ROMEU — É minha alma que chama meu nome! É a mais doce música para meus ouvidos.

JULIETA — Romeu!

ROMEU — Minha querida!

JULIETA — A que horas devo enviar alguém ao teu encontro?

ROMEU — Às nove.

JULIETA — Sem falta. E, até lá, para mim será como se tivessem se passado vinte anos. Esqueci por que te chamei de volta.

ROMEU — Eu fico aqui até que lembres!

JULIETA — Assim não vou querer me lembrar, ficarei te olhando para sempre, porque gosto da tua companhia.

ROMEU — Eu ficarei aqui em pé, também esquecido de tudo.

JULIETA — Já está amanhecendo. Querido, boa noite, boa noite! A despedida é tão doce que ficarei aqui, te dizendo boa noite até o dia nascer!

ROMEU — Que um sono tranquilo more em teus olhos. De minha parte, não conseguirei sossegar. Vou à cela de meu pai espiritual pedir sua ajuda. E falar da minha felicidade!

ROMEU SAI

Achei lindíssima a cena do balcão. Eu sabia que o texto era uma adaptação, sem toda a poesia do original de Shakespeare. Mesmo assim as palavras tocaram meu coração. Senti uma vontade imensa de viver um amor assim. Pelo menos no palco, já que na vida real nunca tivera um namorado de verdade!

A outra cena a ser estudada era a morte de Julieta. De acordo com a história, Julieta toma uma bebida que a faz parecer morta. É levada para a cripta da família. O bom frei Lourenço manda avisar Romeu que se trata de um estratagema para que ambos possam partir felizes. Mas o recado não chega a tempo. Desesperado,

Romeu vai até a tumba de Julieta e toma veneno. Julieta desperta e encontra Romeu morto ao seu lado. Era uma cena difícil.

JULIETA DESPERTA

JULIETA — Estou na cripta! Lembro-me bem de tudo que aconteceu. Onde está meu esposo? Onde está o meu Romeu?

JULIETA VÊ O CORPO DE ROMEU, AINDA COM O CÁLICE DE VENENO NA MÃO

JULIETA — Romeu! Romeu! O que é isso? Seguras na mão um cálice? Percebo que o veneno foi o teu fim prematuro! (PEGA O CÁLICE) Avarento! Bebeste tudo! Não deixaste nem uma gota para me ajudar! Beijarei teus lábios! Pode ser que ainda encontre neles um pouco de veneno!

JULIETA BEIJA ROMEU

JULIETA — Teus lábios estão quentes!

OUVE-SE O BARULHO DE GUARDAS CHEGANDO

JULIETA — Gente chegando! Tenho que ser rápida!

JULIETA PEGA O PUNHAL DE ROMEU

JULIETA — Punhal! Que o meu coração seja tua bainha!

JULIETA ENFIA O PUNHAL NO PEITO. CAI SOBRE O CORPO DE ROMEU E MORRE

A cena era linda. E me fez chorar.

Mas, quando comecei a ensaiá-la para o teste, não sentia as palavras como se fossem minhas. Pareciam ocas. Não sabia como dizê-las. Descobri: não era capaz de representar Julieta. De acordo com o método do professor, eu deveria usar emoções pessoais para construir a personagem.

Mas eu nunca tinha vivido um grande amor!

Como dizer palavras apaixonadas se nunca tinha amado?

5

As semanas seguintes foram de tensão. Eu e Tadeu muitas vezes ficávamos após as aulas ensaiando para os testes. Ele concorreria para Tebaldo, primo de Julieta. Helô pretendia fazer a ama, e estávamos todos certos de que conseguiria. A ama de Julieta era uma personagem engraçada, maliciosa. Tínhamos certeza de que o papel já era dela.

Por que tanto estudo para os testes? A peça tinha menos personagens que o número de alunos da classe. Ou seja, os que não conseguissem iriam interpretar criados, nobres da corte e espadachins sem fala! Ensaiariam como substitutos para o caso de alguém sair da peça, o que era considerado impossível. Também já se falava em duas montagens com elencos diferentes, a serem apresentadas em dias alternados, o que parecia mais justo.

Minha mãe insistia para eu voltar de táxi.

— Não quero que fique esperando condução tarde da noite.

Eu não queria gastar muito. Nossa situação financeira não estava equilibrada, papai ainda estava se acertando com pequenas dívidas do passado, embora o principal já estivesse resolvido. E era difícil encontrar táxis na região quando as aulas terminavam. Sempre que podia, Tadeu me acompanhava ao ponto de ônibus. Muitas vezes eu esperava vinte minutos, meia hora até um aparecer. Mas aconteceu um imprevisto.

Tadeu sumiu das aulas. Enviou recado: estava gripadíssimo.

Durante algumas noites evitei ensaiar até mais tarde. Mas eu queria tanto ser Julieta! Certa vez, Helô insistiu:

— Vamos ficar só meia horinha depois da aula, para bater o texto.

"Bater o texto" é uma expressão que os atores usam. É quando nos juntamos para ler o texto, decorar, interpretar. Muitas vezes, nessas ocasiões, um faz o papel que está preparando e o outro dá as réplicas, não importa de que personagem for. Para me ajudar com Julieta, Tadeu, por exemplo, vivia fazendo a mãe! Para ajudar meu amigo, eu interpretava personagens masculinos! Queria muito ser a Julieta do espetáculo. Mas até mesmo meus amigos, Tadeu e Helô, não estavam animados.

— Sabe o que é, Camila, Julieta é uma personagem apaixonada, capaz de morrer de amor. Você fala de um jeito certinho demais, sem muita emoção — disse Helô.

Tadeu foi mais fundo.

— Julieta não é uma patricinha, Camila. E você interpreta que nem uma.

Eu ficava chateada, mas sabia que era verdade. Meu sonho era ser diferente. Mas eu me sentia presa. Quando interpretava, pensava em minha mãe — "Será que ela gostaria de me ver beijar Romeu no palco?" — e travava!

Já estava com dificuldades. E com pouco ensaio, então, seria muito difícil conquistar o papel de Julieta. Pelas fofocas da classe, Soraya, que estudava a personagem com o próprio Bruno, certamente pegaria o papel. Algumas vezes ela fazia a leitura diante de nossos colegas. Tuca assistiu a uma delas e comentou:

— Ela é muito forte em cena. Vai arrebentar.

Eu já me via no papel de uma das aias, andando de um lado para o outro, sem falar nada.

Por isso, quando Helô propôs ensaiarmos até mais tarde, achei bom. Mesmo sem o Tadeu para ir comigo até o ponto de ônibus.

— Camila, você vai pra casa sozinha depois?

Senti uma pontinha de medo. Decidi:

— A gente não pode ficar até muito tarde. Mas vai ser bom, quem sabe eu consigo sentir mais a Julieta.

Quando as aulas terminaram, fomos para uma sala vazia. Era tão divertido ensaiar que ficamos quase duas horas fazendo Julieta e a ama. Só percebi que era tarde quando olhei para o relógio.

— Eu preciso ir.

Eu e Helô nos despedimos na frente da escola. Ela ia para o lado oposto. "Vou pegar um táxi", decidi.

Apareceu um! Dei sinal, mas ele não parou. Andei até o ponto de ônibus. "Se aparecer um táxi eu pego, senão espero o ônibus."

A rua estava vazia. Pelo horário, a condução ia demorar. Esperei, olhando de um lado pra outro, preocupada. Dois rapazes viraram a esquina e se aproximaram, dando risada. Eu me encolhi, querendo ficar invisível. "Por que ele não aparece agora?" Mas nem sinal. Os rapazes pararam. Percebi que me olhavam. Vieram na minha direção. Um deles sorriu:

— E aí, gatinha?

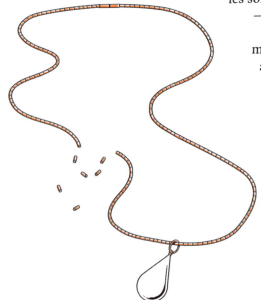

Eu não queria demonstrar medo. Mas me encolhi mais ainda. O segundo estendeu a mão.

— Dá aqui essa correntinha de ouro.

— É... é da minha avó.

Eu estava apavorada.

— Não embaça, garota.

Ele puxou a correntinha do meu pescoço com tanta força que caí sentada no chão.

— Vão embora!

Um deles riu, malicioso.

— Você acha que a gente vai deixar uma gatinha tão bonita sozinha? Vem com a gente.

Gelei. Algo horrível podia acontecer! Ele estendeu a mão

para agarrar meu pulso. Comecei a chorar. Estava tão nervosa que me arrastei no chão para fugir.

— A gatinha tá com medo.

Os dois riram.

— Se é dinheiro que vocês querem, podem levar tudo.

Sabia que o risco era muito maior. Desesperada, olhei a rua de novo. Ah, se o ônibus aparecesse, quem sabe eu podia gritar, fazer sinal, pedir socorro!

Nesse instante, ouvi uma voz forte.

— Que tá acontecendo aí?

Era Bruno, com dois amigos da turma do segundo ano.

Um dos malandros disse, irritado:

— Sujou.

Os dois saíram correndo, levando a correntinha.

— E aí, garota, tudo bem? — perguntou Bruno.

Somente quando se aproximou, descobriu que era eu.

— Camila?

Eu chorava sem parar.

— Graças a Deus, Bruno, que você chegou. Graças a Deus!

— Não chora.

Ele me abraçou. Chorei em seu peito. Bruno virou-se para os amigos.

— Eu vou levar a Camila pra casa dela. Não tá em condições de ir sozinha.

Os amigos se despediram. Olhei para ele, apavorada.

— E se aqueles dois voltarem?

Ele me olhou com aqueles olhos claros, lindos.

— Fica tranquila, garota, eu estou aqui.

Fomos sentados juntos no ônibus. Ele fez questão de descer comigo. Eu estava mais calma.

— Bruno, nem sei como agradecer. Desculpa o trabalho que dei, você teve que vir aqui... saiu do seu caminho.

— Tudo bem, Camila. Você estava muito nervosa. E eu... eu gostei de ajudar você.

Não entendi. O que ele queria dizer com aquilo?

— Gostou como?

— Camila, a gente estuda na mesma classe e nunca se fala. Eu sempre quis chegar mais perto de você.

— Sabe, Bruno, eu...

— Você o quê?

— Sempre achei você legal. E agora, puxa, você é meu herói!

Ele sorriu, deixando à mostra os dentes perfeitamente brancos.

— Herói? É muito bom ser herói.

Deu uma risada gostosa.

— Sabe o que o herói faz depois que salva a mocinha?

— Ah, Bruno, eu acho que...

— Beija.

Bruno me beijou pela primeira vez.

Era meu primeiro beijo de verdade. Eu já tinha tentado beijar antes, mas nunca com sentimento. Agora era diferente. Fechei os olhos. Senti como se estivesse voando. Bruno me abraçou delicadamente. E me apertou no peito. Eu me assustei, meus sentimentos estavam muito confusos. O choque do roubo, do ataque, da ameaça ainda não tinha passado totalmente. Mas agora um sentimento novo tomava conta de mim. Bruno!

Nunca pensei que ele me beijaria. Também nunca tinha imaginado que um beijo pudesse ser tão maravilhoso. Eu o afastei devagar.

— Preciso entrar.

Ele me puxou de novo e me beijou pela segunda vez. Fiquei sem fôlego. Depois me soltou devagarzinho. Fui até a porta do prédio. O porteiro abriu. Sentia tantas coisas ao mesmo tempo que nem conseguia falar. Só disse:

— Até amanhã. E obrigada mais uma vez.

Ele respondeu com o sorriso mais lindo do mundo:

— Sonha comigo.

6

Eu já tinha lido muito sobre o amor. Mas não sabia que era um sentimento tão bonito. O amor produz sensações físicas! Eu tremia de emoção!

Meus pais já haviam se deitado. Ainda bem! Queria ficar sozinha com meus sentimentos. Ouvir meu coração! Quando me aconcheguei na cama, só de pensar em Bruno meu coração bateu mais rápido. Senti um calor no peito. Acordei na manhã seguinte com vontade de cantar. Apesar do susto da noite anterior e do roubo da corrente, eu achava que minha vida era maravilhosa.

Minha mãe não sentiu nem um milésimo da minha alegria. Ficou maluca quando falei do roubo.

— Eu já disse que é perigoso você ir naquela escola!

Mais uma vez, tentou me convencer a desistir. Impossível. Mas eu nem conseguia responder a seus argumentos. Tentava ficar séria, mas sorria sem querer, só de pensar em Bruno.

— O melhor é você sair desse curso de uma vez!

Comi mais um pedaço de pão. Pensei: "Então é esse o sentimento que Julieta tinha por Romeu!". Mamãe não se conformava:

— Pare de fazer cara de boba! Pelo menos concorda em sair daquela escola? Em tirar a ideia de ser atriz da cabeça?

Quase engasguei. Sair, nunca!

— Justo agora que a gente vai ensaiar *Romeu e Julieta*?

Meu pai desta vez concordou com mamãe:

— Eu também fico apreensivo até você voltar das aulas de teatro. A cidade anda perigosa. Ouço coisas horríveis lá na clínica de estética. Boa parte das clientes já foi assaltada. Há casos de gente que vem tratar de cicatrizes causadas por violência, acidentes. Não é bom você voltar sozinha toda noite.

Meu coração ficou apertado. Eu adorava o curso. Agora, principalmente, não queria ficar longe do Bruno. Insisti.

— Sempre sonhei ser atriz! Vai ser minha estreia numa peça quase profissional.

Até então eu só tinha participado de montagens amadoras em meu antigo colégio. Desta vez, não. O professor Cássio já havia trabalhado até na televisão. Ele seria o diretor da peça. Era um ator profissional. Eu descobri que, além de fazer novelas de televisão, um ano atrás ele havia atuado em uma montagem importante em São Paulo e ganhara muitos prêmios.

Mais uma vez consegui contornar a situação com meus pais. Prometi não ficar ensaiando até mais tarde. Se possível, sempre esperaria alguém que viesse pelo mesmo caminho. Ou ficaria na porta da escola até conseguir um táxi. Senti que por qualquer motivo, o menor que fosse, meus pais exigiriam que eu parasse de estudar teatro!

"Quando eles me virem no palco, vão mudar de ideia", disse a mim mesma.

Mais tarde, fui para a aula com o coração batendo rápido. Naquela noite seriam os testes principais! Eu precisava desabafar, eram tantas as emoções dentro de mim! Logo na porta, encontrei a Helô.

— Que aconteceu com você, Camila? Está diferente!

— Você não conta pra ninguém?

— Manda.

— Ontem o Bruno me beijou.

— Aquele gato?

Helô ficou entusiasmadíssima.

— Vocês fazem um par incrível. Mas toma cuidado com a Soraya!

Eu chegara muito cedo. Por acaso, Tadeu também. Fomos para uma sala ensaiar os textos mais uma vez. Eu queria me sair bem nos testes. Para minha surpresa e de meus amigos, senti uma diferença. Antes eu falava tudo tecnicamente. Agora, as minhas emoções, a lembrança daquele primeiro beijo se misturavam com as palavras de Julieta. Eu falava de amor e pensava em Bruno. Como queria encontrá-lo novamente! Estar numa sacada e ouvir declarações de amor. Quando a gente ia se encontrar de novo? Quando eu poderia dizer o que estava no meu coração? Ao mesmo tempo, meu coração se apertava. E Soraya? Como ele podia ter me beijado se namorava a Soraya? E como eu tinha permitido? Mas, agora que tinha me beijado, ia separar-se dela? Romper o namoro?

— Que aconteceu? Você está falando de um jeito diferente.

— Ah, eu estou pensando no amor! — respondi.

Tadeu me olhou de um jeito curioso. Achei que ele me olhava de uma maneira um pouco estranha.

Fomos para a sala de aula onde seriam feitos os testes. O professor Cássio e a coordenadora já estavam à espera. Eles decidiriam os papéis de cada um. Bruno não tinha chegado ainda. Entrou com Soraya cinco minutos depois. Ver Bruno com Soraya foi um choque. Os dois cochichavam. Ela estava nervosa, agitada. Achei que fosse por causa do teste. Bruno me olhou sem jeito. Enviou um sorriso tímido.

"Então, ele não se separou dela", pensei. "Sou romântica demais!" O beijo, que para mim fora tão importante, para Bruno teria sido somente um beijo? Um a mais? Uma brincadeira? Senti um nó na garganta. Abaixei a cabeça, triste. Tive a sensação de que alguém olhava pra mim. Ergui os olhos. Era Bruno. Ele disfarçou e me deu uma piscadinha. Fez um sinal de leve com o dedo. Entendi que era pra gente falar depois. O quê? Meu coração bateu apressado.

— Hoje vamos realizar as leituras para o papel de Julieta e de Romeu — avisou o professor, embora todo mundo já soubesse. — Vou chamar os candidatos e candidatas e sortear as duplas.

Duas outras garotas também iam ler Julieta. Soraya foi a primeira sorteada, com Fábio. Mas insistiu:

— Prefiro fazer com o Bruno!

O professor hesitou um instante. Concordou:

— Tudo bem.

Helô cochichou:

— Ela vai levar vantagem. Os dois já namoram, ensaiaram juntos com certeza. Vão fazer superbem.

Soraya ficou de pé, animada, com o texto na mão, embora, era evidente, soubesse quase de cor. Antes de começar, soltou os cabelos, sacudiu a cabeça.

— Só pra ficar mais à vontade, professor! — explicou.

Bruno estava sério. Olhou para mim outra vez, de longe. Meu coração disparou novamente. Estava sem jeito? Queria falar comigo? O quê, se continuava com a Soraya?

Ela começou a interpretar. Desde as primeiras palavras, não pude negar: era uma boa atriz. É incrível! Quando alguém estuda e interpreta um texto, pode descobrir os vários sentidos de uma frase. O mesmo texto pode ser dito com doçura ou com raiva. As mesmas palavras podem ter significados opostos dependendo da maneira como são ditas. A Julieta de Soraya era intensa. Mais decidida que o Romeu de Bruno. Ele estava frágil, delicado. Soraya às vezes parecia brava, praticamente exigia que Romeu tomasse uma decisão, batalhasse pelo amor que ambos sentiam. Era uma Julieta apaixonada, com coragem, os sentimentos à flor da pele.

Quando terminaram, a classe inteira aplaudiu. Soraya sorriu, vitoriosa. Não tinha dúvida de que o papel já era dela. Em seguida, foi a vez de Lígia. Eu não era próxima de Lígia, mas já a conhecia bem. Ela gostava de questionar os professores. Defendia os direitos de todos nós. Ficava facilmente irritada. Sua Julieta não foi simpática. Parecia não se conformar com a situação, com as proibições. Em vez de disfarçar, irritava-se com os chamados da ama. Também, às vezes, atropelava o texto, intimava Romeu a casar depressa! Quando terminou, os aplausos foram fracos.

Chegou minha vez. Quando o professor chamou meu nome, olhei para Bruno. Ele sorriu e piscou, para me desejar sorte. Para contracenar comigo, o professor Cássio escolheu Fábio, o aluno que, como eu, também sempre se vestia de um jeito certinho. Deu até vontade de desistir. Nos exercícios dramáticos, Fábio falava sempre no mesmo tom. Sua voz calma nunca se alterava. "Seria melhor interpretar o texto falando com uma cadeira", pensei. Respirei fundo.

Um instante antes de dizer a primeira palavra, quando ela já estava vibrando na minha boca, olhei para o Bruno mais uma vez. E recebi de volta um olhar apaixonado. Fui tomada pela emoção. Meu coração usou as palavras de Julieta para falar do amor que sentia por Bruno. Fábio respondia, na sua voz sem tom. Mas não me importava. No meu coração, era com Bruno que eu estava falando. Eu me lembrava de seus olhos, de seu carinho quando dissera "Sonha comigo" na noite anterior.

Era para ele que eu respondia, embora estivesse diante de Fábio. Ouvia as juras de amor e pensava: "É o Bruno falando comigo".

Quando o texto terminou, houve um grande silêncio. Por um instante, achei que ninguém tinha gostado. Mas então os aplausos explodiram. Intensos. Fiquei vermelha e corri para minha cadeira. Os testes para os outros papéis se sucederam, mas eu mal conseguia ouvir. Alguns eram divertidos. Outros, dramáticos. Muitos, chatos. Finalmente, o professor nos agradeceu. Avisou:

— Vocês podem sair para o intervalo. Quando voltarem, vou distribuir os papéis.

Quando saí, Bruno estava à minha espera.

— Camila, quero falar com você.

— Bruno, eu...

A verdade é que eu estava completamente sem jeito. O que dizer? Tomei coragem.

— Tudo bem, Bruno, se vai me pedir desculpas por ontem, está certo. Eu sei que você e a Soraya continuam juntos. Eu também fiz mal deixando você me beijar.

— Camila, me dá uma chance de falar.

Silenciei.

— Eu me separei da Soraya.

Estremeci.

— Separou como, se chegaram juntos?

— Eu me encontrei com ela aqui mais cedo e pedi pra conversar. A gente não tinha nada a ver. Nem sei como esse namoro começou, mas fui deixando rolar. Só que, depois de ontem...

Ele me encarou, sorriu carinhosamente.

— É com você que eu quero ficar, Camila.

Eu nem conseguia respirar. Ele insistiu:

— E você?

— Bruno, eu... eu sempre gostei de você.

Ele me abraçou forte. O sinal tocou.

— Entra, eu preciso fazer uma coisa.

Voltei para a classe. No caminho, passei por Soraya, que estava, como sempre, com Tieko. Gelei. Sua expressão era de raiva. Fingi não ver. Continuei adiante. Logo depois que me sentei, Bruno entrou. Pegou o material de sua carteira e sentou-se ao meu lado.

— Esse lugar é do Tuca.

— Agora é meu. Falei com ele. Trocamos.

Senti orgulho. A classe toda nos olhava. Soraya entrou de cabeça erguida. Sentou-se. O professor Cássio nos observou, mas não fez nenhum comentário.

— Vamos falar dos papéis, porque são muitos. Meu objetivo é ver todos no palco, interpretando, se exercitando. Por isso, faremos dois elencos.

Dois elencos, como eu tinha ouvido falar! Segundo o professor, cada elenco representaria em noites alternadas. A garota que fizesse um papel importante em um elenco, no outro seria uma dama de companhia sem falas, por exemplo. Assim todos teriam oportunidade. Um elenco estrearia a peça. O outro faria na noite seguinte.

— Vou começar pelo papel principal, já que todo mundo está curioso. Julieta.

Olhou para Soraya, que arrumou os cabelos e sorriu.

— Soraya, seu teste foi muito bom. Você é uma atriz intensa, com muitas possibilidades dramáticas.

Senti certa decepção. Então, o papel ficaria com ela! Mas o professor continuou:

— Só que, em *Romeu e Julieta*, Shakespeare fala do amor absoluto, ainda não contaminado pela raiva. A sua Julieta tinha certa agressividade que, no meu ponto de vista, não combina com a personagem.

Soraya mexeu-se na carteira, inquieta.

O professor olhou em minha direção:

— Você, Camila, também fez uma excelente Julieta. A sua foi frágil, apaixonada. Uma Julieta que acabou de descobrir o amor.

"Como ele adivinhou?", pensei.

— Foi assim que Shakespeare escreveu Julieta. Uma garota com a inocência do primeiro amor, total, absoluto. Um amor sem o qual não é capaz de viver.

Meu coração bateu mais rápido.

— Você, Camila, fará Julieta no primeiro elenco. E você, Soraya, no segundo.

Soraya levantou-se, pálida de raiva.

— Não é justo! Eu já sou quase profissional.

— Soraya, não tem por que reclamar, também vai fazer Julieta.

— Mas é a Camila quem vai estrear! É no dia de estreia que vem todo mundo. Eu já soube que vem até gente de televisão assistir. Mas só na noite da estreia.

— Ainda é cedo para você pensar em televisão. Está aqui para aprender, Soraya.

— Mas é minha chance!

— A decisão está tomada. Você fica no segundo elenco. E uma será substituta da outra, caso algum imprevisto aconteça. Vamos aos outros papéis.

Soraya ainda tentou falar alguma coisa. A coordenadora fez um gesto.

— Basta, Soraya. Eu e o professor Cássio tomamos a decisão baseados no melhor teste. O melhor teste, se você quer colocar as coisas assim, foi o da Camila.

Fiquei contente e nervosa, com as emoções misturadas. Bruno apertou minha mão.

— Parabéns.

Eu mal conseguia pensar direito quando o professor anunciou que o Bruno seria o Romeu no primeiro elenco. A voz dele come-

çou a ficar muito longe... Eu quase não ouvia o que ele falava, tamanha era a minha agitação.

Helô ficou radiante, pois seria a ama do segundo elenco. Tudo o que ela queria era representar a ama, então não importava se fosse na noite de estreia ou não.

O professor e a coordenadora foram anunciando os papéis de cada um. Fábio seria o Romeu no segundo elenco. Tadeu, o espadachim. Eu não prestava mais atenção no que eles diziam. Queria que a aula terminasse de uma vez, para poder **vibrar, comemorar**. Sentia que ia explodir! Eu seria a Julieta! E Bruno, o Romeu!

Finalmente, a aula terminou. Era bem tarde. Havíamos passado do horário. Todos da classe vieram me cumprimentar. Bruno me acompanhou. Eu só pensava em como seria bom fazer as cenas com ele, viver o nosso amor na vida real e no palco. Quando saímos, Soraya estava do lado de fora, me esperando.

— Que você fez pra pegar esse papel, patricinha? Seu pai é amigo do professor?

De susto, minha voz saiu baixinha:

— Soraya, não tem nada a ver.

— É injustiça! Eu sou muito melhor atriz que você. Aliás, **você não tem nenhum talento**. Você não fala, você mia. Você é ridícula.

Bruno interrompeu:

— Chega, Soraya. Você perdeu. O teste da Camila foi muito bom.

— Resolveu defender a namoradinha, Bruno? Aposto que você ficou a fim porque ela é rica.

— **Agora você me ofendeu, Soraya.**

— Eu não sou rica... — respondi.

— Se não fosse, não vinha vestida com essas roupas, tudo caro.

Quis explicar que eram compras de quando meu pai tinha dinheiro. Ela estava muito nervosa, não me deu chance de falar. Atacou de novo:

— Você tem cara de santa. Mas eu conheço seu tipo. São as piores.

— Para de ofender a Camila, Soraya — disse Bruno.

— Você é um bobo que caiu na conversa dela.

Ela me encarou.

— Isso não vai ficar assim! Aguarde!

Deu as costas. Quando ia sair, ainda se virou mais uma vez. Disse:

— Vocês vão ter a prova de que essa Camila é muito pior do que estão pensando.

Foi embora. Boa parte da turma tinha assistido à discussão. Todos me encaravam, espantados. Helô veio até mim.

— Camila, é pura inveja. Seu teste foi muito bom.

Então comecei a chorar. Helô me abraçou.

— Você quer ir dormir em casa? A gente fica conversando.

— Não... Obrigada.

— Eu vou levar a Camila — falou Bruno e pôs o braço em torno de mim.

Saímos.

Andamos em silêncio até o ponto de ônibus.

— Eu sei que você está ofendida, magoada. Mas tem que entender. A Soraya teve um choque. Além de a gente se separar, ela ficou no segundo elenco. Foi um golpe bem grande, ela sempre se achou a melhor.

— Mas você acha que o meu teste foi mesmo bom, Bruno?

— Foi, sim. Você estava... encantadora. Eu não digo só por mim, mas, Camila... você ainda vai ser uma grande atriz.

O ônibus chegou. Ele me acompanhou. Durante o trajeto, me acalmei.

— Vai ser maravilhoso ser o Romeu sendo você a Julieta — disse Bruno.

Descemos no ponto. Conversamos mais um pouco. Bruno confessou que já estava interessado em mim havia muito tempo. Só não sabia como se aproximar. Chegou a pensar que eu namorava o Tadeu. E também havia o envolvimento dele com Soraya.

— Eu também gostava de você, Bruno.

— Verdade?

— Desde o primeiro dia.

Ele me beijou mais uma vez. Quando fechei os olhos, vi um céu cheio de estrelas.

— Olha, eu nunca fui de namorar. Sempre gostei de ficar com as garotas, mas namorar... nunca. Mesmo com a Soraya, a gente nunca falou em compromisso. Mas com você, Camila, é mais sério.

— Eu não sou de ficar, Bruno.

Ele me abraçou.

— Eu sei. Esse é um dos motivos que gostei de você. Não curto essas garotas que ficam com um hoje, com outro amanhã. Eu vi que você... ah, sei lá, que em você eu posso confiar. Sabe, quando eu gosto, eu sou ciumento.

— Bruno, não precisa ter ciúme. Eu gosto de você. Eu acho até que sou boba, porque muitas amigas minhas diziam que a gente devia aproveitar, ir à balada, beijar muito. Mas eu sempre quis ter um grande amor. Como a Julieta.

— Eu também, Camila. A maioria dos caras não gosta de se expor. Mas eu também sempre quis um grande amor. Igual ao do Romeu.

E nos beijamos mais uma vez.

Subi para o apartamento sentindo a maior felicidade. **Agora eu sabia o que era o amor.** Um sentimento lindo! Já nem sentia mágoa pelas palavras da Soraya. Pelo contrário, tinha até pena. "Coitada. Perdeu o Bruno. E ainda por cima ficou no segundo elenco! Quem não ficaria péssima?" Quando me deitei, fiquei novamente um bom tempo pensando em Bruno e em nosso amor.

Na noite seguinte, tive uma surpresa. Quando cheguei à escola, Soraya me esperava na entrada. Tentei passar por ela sem conversar. Mas ela tocou o meu braço.

— Espera, Camila. Eu tenho uma coisa pra falar.
— Não quero brigar, Soraya.

Tive uma surpresa e tanto.

— Quem disse que eu vim brigar? **Quero pedir desculpas.**
— Desculpas?
— Ontem fiquei nervosa, queria tanto o papel de Julieta! Também teve o lance do Bruno... e perdi a cabeça. Mas agora pensei melhor. Fui injusta quando disse que é culpa sua.

Não conseguia acreditar. Soraya parecia sinceramente envergonhada.

— O professor preferiu seu teste. Não vou negar, eu acho que o meu foi muito bom. Mas, se ele escolheu você, sorte sua. E, quanto ao Bruno, claro que fiquei magoada. Mas foi mais com ele, não com você. Agora que a gente vai ter que ensaiar juntas, então, vamos tentar ficar num clima legal.

Estendeu a mão.

— Vamos ser amigas.

Eu não conseguia acreditar. Nunca havia esperado aquela atitude. Apertei sua mão.

— Tudo bem, Soraya. Já passou.

Bruno já estava na classe quando sentei ao lado dele. Antes de começar a aula, contei rapidamente o que havia acontecido.

— A Soraya tem muitas qualidades. Ontem ela perdeu a razão. Mas acho que caiu na real. Que ótimo!

Concordei. Tudo parecia tão bem! Ergui a cabeça. Soraya estava entrando. E nos encarava. Quando nossos olhos se cruzaram, sorriu e acenou. Acenei de volta. "Quem sabe vamos até nos tornar amigas?", imaginei.

Eu devia ter tido mais cuidado. E ter me lembrado de que Soraya era realmente uma boa atriz.

7

A época dos ensaios foi uma das melhores da minha vida. O professor Cássio dirigia a peça. Usou toda a sua experiência. Aprendi por exemplo que, na montagem de um texto de teatro, é preciso criar marcas. Cada ator tem que saber para onde está andando. Senão todo mundo trombaria no palco. Também é preciso saber onde se sentar, quando se levantar. Ensaiar cada gesto e executá-lo no momento certo. Mas é preciso parecer que tudo é espontâneo.

Cada palavra é estudada. Cada frase. A gente passava horas discutindo as intenções de uma cena. Depois era preciso usar a emoção, o sentimento que vinha de dentro para colorir as cenas. No início foi muito difícil decorar o texto e as marcas no palco para depois deixar a emoção correr solta. Cada cena era repetida muitas vezes. Trabalhada e retrabalhada.

Eu tinha uma vantagem: estava apaixonada. Desde o teste, meu amor por Bruno me ajudava a conduzir as cenas de Julieta. E seu amor por mim coloria as palavras de Romeu. A história de Romeu e Julieta é cheia de proibições. As duas famílias se odeiam. Os pais nem podem pensar que esse amor existe. Eu sentia medo por Romeu. Medo de que fosse morto. Medo de perdê-lo para sempre. Era o mesmo medo que sentia às vezes, quando pensava: "Será que o Bruno me ama de verdade?".

Eu também assistia aos ensaios do segundo elenco, onde fazia uma dama de companhia sem falas. Era incrível descobrir como a personalidade de cada ator transforma um texto em algo completamente diferente. *Descobri que muitas vezes não importa o que se diz, mas como se diz.* A minha Julieta era frágil, tímida, romântica. A de Soraya, corajosa, decidida, apaixonada, com um fogo interior. O Romeu de Bruno também era romântico. Firme, também. Tratava a minha Julieta com carinho. O de Fábio era fraco, assustado. Deixava Julieta comandar a ação.

Entre os colegas, o comentário era geral: preferiam a minha Julieta.

— É mais romântica — dizia Helô.

Também reconhecia:

— A Soraya tem força. Vai ser uma grande atriz.

E o meu namoro? Estava às mil maravilhas. Bruno já frequentava meu apartamento. Para minha surpresa, mamãe gostou dele.

— É um rapaz educado.

Embora, é claro, preferisse que eu tivesse um namorado mais rico.

— O problema é que ele nunca vai poder te dar a vida que você merece.

Quando ela falava esse tipo de coisa, eu reagia:

— Mãe, o que importa é que a gente se gosta. Vou trabalhar. Quero ter minha carreira. O Bruno também. Se tudo der certo, a gente vai construir uma vida juntos!

— É muito cedo para pensar em compromisso, Camila. Vocês dois são muito novos. Ainda tem muita coisa pra acontecer na vida de cada um.

Eu nem discutia. A certeza estava no meu coração: Bruno era o grande amor da minha vida! Um dia a gente se casaria, teria filhos. Quem sabe seríamos, os dois, atores de sucesso, fazendo novelas de televisão!

Mas uma coisa me magoou: Tadeu se afastou de mim. Eu gostava dele. Foi meu primeiro amigo na escola. Desde que comecei a namorar o Bruno, ele se retraiu. Às vezes, quando eu o procurava para bater papo, só respondia umas poucas palavras. Logo se afastava. De tão chateada, comentei com a Helô:

— O Tadeu está esquisito. Parece que se afastou de mim!

Helô riu.

— Você é tonta, Camila! Nunca percebeu? O Tadeu sempre foi apaixonado por você.

— De jeito nenhum, ele nunca me disse nada.

— Não teve coragem. Mas eu notava o jeito que ele olhava pra você.

Lembrei-me das pequenas gentilezas. Os sanduíches, os passeios, as minhas idas à lanchonete onde Tadeu trabalhava. Sempre me tratava tão bem, é verdade. Tinha me contado que gostava de uma garota que nem olhava para ele. Era eu?

Queria conversar com ele, mas não sabia como. Comentei o assunto com Bruno. Ele ficou com ciúme.

— Também acho que ele sempre quis ficar com você, Camila. É bom que fique longe.

Logo aprendi. Quando o namorado tem ciúme, é impossível discutir. Falta lógica.

— Bruno, se eu quisesse namorar o Tadeu, já tinha namorado! Era só amizade!

— Da sua parte pode ser. Da dele, não.

— Era um bom amigo, Bruno. Vou sentir falta.

Bruno ficou emburrado por uns dois dias!

Para minha surpresa, quem se tornou amiga de Tadeu foi Soraya! Passaram a conversar sempre. Riam pelos cantos. Ela, Tieko e Tadeu se tornaram inseparáveis. Soraya também, muitas vezes, sentava comigo no intervalo para comer o lanche. Batia papo. Como nós duas fazíamos Julieta, conversávamos sobre a personagem. Uma vez, ela foi cantar num barzinho no fim de semana. Fez questão de convidar a mim e ao Bruno. Reservou uma mesa bem na frente, e não pagamos a conta.

— Vocês são convidados especiais! — ela disse.

Quando contei sobre o show para a Helô, só sabia falar bem de tudo.

— A Soraya é muito melhor pessoa do que eu pensava!

— No seu lugar eu tomava cuidado — Helô me advertiu. — Ela é falsa. Acha que se conformou em estar no segundo elenco? Em perder o Bruno?

— Helô, você está muito negativa. A Soraya mostrou que é legal. Viramos amigas.

— Tome cuidado. Ela ainda vai aprontar com você.

Eu confiava na experiência de Helô. Mas Soraya tinha se tornado tão agradável! Mais tarde, pensei sobre o assunto. E concluí: "Mesmo que quisesse me prejudicar, o que ela poderia fazer?".

Não via possibilidade. Tomar meu papel no primeiro elenco? Impossível! Todo mundo me elogiava, até o professor, que dirigia a peça! Tomar o Bruno? Claro que eu sentia pavor de perder Bruno. Mas tinha tanta confiança em nosso amor! Estávamos tão bem!

O que a Soraya poderia fazer?

Mesmo minha mãe, sempre contra a escola de teatro, tinha ficado mais doce quando fui escolhida para interpretar Julieta.

— É um lindo papel! — reconheceu. — Eu já vi a peça montada, assisti ao filme! E chorei muito!

Mamãe até ajudou. Pediu à dona da fábrica de bijuterias onde trabalhava para doar alguns acessórios para a peça. Depois do teste, Lígia tinha falado com o professor sobre seus planos. Não queria ser atriz. Estudava teatro para aprender como montar uma peça. Queria ser figurinista e cenógrafa. O professor Cássio resolvera dar uma oportunidade a ela. Lígia estava criando os figurinos e os cenários da peça. Tudo sem dinheiro, porque a escola não tinha verbas para a montagem. A peça estava sendo erguida com muita luta. Vendemos algumas rifas. Uma turma fez pedágio, pedindo dinheiro nos semáforos. (Mamãe não me deixou participar, claro!) Pedimos tecidos em lojas. Usamos roupas velhas adaptadas. Quando mamãe conseguiu as bijuterias, foi uma felicidade!

Eu, a Lígia, a Soraya, a Helô e a Tieko fomos escolher algumas bijuterias. Passamos uma tarde deliciosa na empresa. A dona adorava mamãe, que sempre dava boas ideias para novos colares e brincos (herança da época em que comprava do bom e do melhor nos shoppings chiques de São Paulo). Minha mãe ajudou Lígia a escolher as bijuterias que cada uma usaria. Soraya foi muito simpática com ela:

— A senhora é tão elegante, dona Leda!

— Obrigada!

— Sabe, eu faço shows, sou cantora. Quem sabe um dia a senhora vai ver, com seu marido!

Mamãe prometeu que iria, sim. Soraya pegou o celular. Ultimamente andava com um aparelho muito bom, cheio de programas.

— Posso anotar seu e-mail e telefone? Assim eu mando o convite!

Sem jeito, mamãe confessou:

— Só uso o e-mail aqui no trabalho. É um e-mail coletivo, que várias pessoas abrem.

A dona da fábrica sorriu.

— Tudo bem. Normalmente não gosto que usem o e-mail da empresa para assuntos pessoais. Mas, nesse caso, tudo bem!

Soraya anotou o e-mail.

— Eu agradeço. Na ocasião também vou convidar a senhora!

A empresária sorriu, satisfeita.

Mais tarde, mamãe comentou:

— Que simpática essa Soraya. Ela se veste de um jeito extravagante, mas é boa pessoa! É de amigas assim que você está precisando!

Ficou tão contente que nem reclamou quando comecei a ir mais cedo para a escola de teatro, por causa dos ensaios.

— Desde que não prejudique seus estudos, pode ensaiar à vontade.

No colégio, de manhã, eu me esforçava para ter uma boa avaliação. Mas todo tempo livre era dedicado ao teatro.

Os figurinos ficaram prontos. Já podíamos ensaiar usando a roupa dos personagens, para nos acostumarmos. Eram vestidos compridos, de tecidos pesados! A minha Julieta usava tranças enroladas no alto da cabeça. A de Soraya, os cabelos soltos. A minha, um vestido rosa e azul. A de Soraya, vermelho com enfeites dourados. Até brincávamos no camarim:

— A de Soraya é a Julieta radical!

Sim, o camarim! Agora ensaiávamos no teatro da escola. Havia um camarim para as garotas e outro para os rapazes. Trancávamos a porta, ficávamos à vontade. Experimentávamos roupas, maquiagens. Sempre fui muito tímida. Mas com o tempo fiquei mais tranquila. Depois do ensaio, a maioria tomava banho, porque suávamos muito. Ainda me lembro do dia em que eu estava saindo da ducha enrolada na toalha. Soraya, de farra, fazia fotos de todas com o celular. Pedi:

— Não faz de mim, não...

Ela e Tieko riram.

— Qual o problema? E se mais tarde tiver que fazer uma cena nua num filme, por exemplo?

— Ah, eu não sei! Agora isso nem passa pela minha cabeça.

— Tudo bem, eu respeito — disse Soraya, guardando o celular.

Ela havia batido tantas fotos que eu não sabia se havia alguma minha. Nem em que situação, já que me trocava na frente de todas as garotas. Não me preocupei. Éramos amigas. Estávamos no camarim, era normal se trocar antes e depois dos ensaios. Não vi maldade.

Foi uma época divertidíssima! Soraya era cada vez mais simpática. Eu até suspeitava que ela tivesse um novo namorado. Muitas vezes, eu a via ao celular, sorridente, conversando.

— Paixão nova? — perguntou Helô.

— Não, a vida é que está muito boa!

Andava tão simpática que até Helô reconheceu:

— Acho que me enganei. A Soraya mudou.

Para mim, nosso *Romeu e Julieta* era a melhor peça do mundo. Já enviara convites à minha avó, aos meus tios. Das antigas amigas de mamãe, só à Fanny, a jornalista.

"Eu vou, sim! Quero ver a estreia da futura estrela!", prometeu ela por e-mail.

Todos os dias eu abria minha caixa de entrada, é claro. Agora meus amigos do passado enviavam mensagens. Alguns prometiam vir, apesar da distância!

Chegou a semana da estreia. Todo mundo estava nervosíssimo. Eu, principalmente. Já era certeza que na estreia viria um importante diretor de teatro, amigo do professor Cássio. E com ele, quase certamente, um produtor de televisão, que gostava de descobrir novos talentos. Cada vez que pensava nisso, sentia um arrepio. "E se ele me descobrir? E se me der uma chance?"

Eu e o Bruno passávamos a maior parte do tempo juntos. A maioria das minhas cenas era com ele. Tomávamos um lanche no final da tarde, sempre. Todas as noites ele me acompanhava até em casa. Nos finais de semana, almoçava ou jantava com a gente. Pedíamos pizza! Sempre gostei de quatro queijos. Bruno preferia portuguesa, com presunto, cebola e azeitona preta.

— E se a gente der sorte? Se estiverem precisando de uma garota ou um carinha da nossa idade numa novela? — dizia ele.

Era cedo, nós sabíamos. Estávamos no começo do curso, no final do primeiro ano. O ator profissional precisa ter um registro chamado DRT. Estudar é o melhor meio para obter o registro. Mas o Sindicato dos Atores também pode oferecê-lo após uma avaliação. Nossa esperança não era absurda. Muitos atores começam cedo. Até crianças. Assim, à medida que a estreia se aproximava, as batidas do nosso coração também mudavam de velocidade. Era a emoção de pisar em um palco quase profissional pela primeira vez. De interpretar um papel que mexia com todos os sentimentos. E também de sermos vistos por gente importante.

Mesmo que não surgisse uma oportunidade naquele momento, seria um contato inicial, o primeiro passo em direção ao futuro!

Eu não cabia em mim de tanta emoção! Não sentia mais nenhuma saudade do tempo em que papai tinha dinheiro. "A minha vida está tão interessante! Nunca pensei que podia ser tão feliz!", dizia para mim mesma o tempo todo.

Mas então aconteceu uma coisa horrível.

A pior de toda a minha vida.

8

O dia começou como outro qualquer. Acordei cedo. Fui para o colégio de manhã. No intervalo das aulas, minha mãe me ligou.

— Venha para casa imediatamente!

Assustei.

— É o papai? Está doente?

— Já mandei que venha!

Expliquei para a diretora que precisava sair. Preocupada, ela disse esperar que não fosse nada grave. Voei para casa. Quando cheguei, mamãe estava na sala, descabelada, chorando. Papai, muito sério, também me aguardava. Eu nem consegui abrir a boca. Mamãe gritou:

— O que você aprontou, Camila?

Tentei responder, mas ela não deixou. Falava sem parar, nervosíssima. E me acusava:

— Eu não criei uma filha para isso!

— O que está acontecendo?

— Vai me dizer que não sabe o que é? Acha que sou idiota, Camila? Eu sou sua mãe! Eu sabia que ia acontecer uma coisa dessas desde que você foi para aquela escola de teatro.

Mamãe virou-se para o papai, acusando:

— A culpa é sua, que deixou. Eu sempre fui contra essa história de fazer teatro.

Eu não conseguia entender o que estava acontecendo. Mamãe gritava. Papai, de cara fechada, não conseguia falar. De tão nervosa, comecei a chorar.

— Fala o que é! Fala, que eu não estou entendendo!

— Vai fingir que é inocente?

Mamãe sentou-se, vermelha. Quase sufocava. Precisou de um tempo para tomar ar. Finalmente, papai conseguiu dizer alguma coisa:

— Estou arrasado, Camila, não sei como pôde ter feito o que fez. Nunca mais vou ter coragem de olhar meus amigos de frente, só de imaginar que eles viram tudo.

Era demais.

— Vocês podem me explicar? A mamãe só grita, grita, você diz que está arrasado. Mas eu não consigo entender, estou aqui remexendo na minha cabeça e não acho que fiz nada de errado.

Mamãe ergueu-se, furiosa.

— Ainda tem coragem de dizer que não fez nada de errado? Na nossa frente?

Papai, enfim, pediu calma.

— Espera, Leda. A Camila está tão surpresa que, se eu não tivesse visto tudo aquilo, também acharia que é inocente.

— Se não tivesse visto o quê, papai?

Meu pai abriu um notebook que estava em cima da mesa.

— Eu saí da página, não queria mais olhar. Veja o que sua mãe recebeu no e-mail da empresa hoje de manhã.

Digitou. No e-mail de mamãe havia alguns anexos. Ele abriu o primeiro.

E lá estava eu. Nua. Com dois rapazes, também nus.

Minha primeira sensação foi de choque. Não era eu. Eu sabia que não. Devia ser uma garota muito parecida.

— Não sou eu. Eu tenho certeza que não.

Furiosa, mamãe acusou:

— Não minta pra mim, Camila. Vai negar diante das fotos? É você, sim. E com dois rapazes. Eu nem tenho palavras, de tanta vergonha.

Eu só tinha uma certeza: não era eu. Nunca tinha feito uma coisa daquelas. Nunca seria capaz de fazer. Papai ainda procurava entender.

— Filha, eu quero saber o que há. Será que algum dia puseram alguma coisa na sua bebida, aprontaram com você, fotografaram?

— Não venha com história! Nem vá dizer que foi dopada! Olha como ela está sorrindo na foto! Gente dopada não sorri assim! — gritou mamãe.

Apesar do choque, olhei a foto novamente. E depois todas as outras que vieram anexas. De fato, eu não parecia estar ali forçada. Muito menos dopada. Eu sorria. Estava de braços abertos, como se estivesse... apaixonada! Então, reconheci.

— É assim que eu sou quando faço Julieta!

Pessoalmente, eu era bem mais tímida. Mas como Julieta me soltava. Mesmo assim, não havia explicação.

— Eu nunca fiz foto nua. Nunca!

Mamãe apontou o dedo.

— Ainda vai negar, Camila, mesmo depois de tanta evidência? E eu sei muito bem quem é esse rapaz. Já veio aqui em casa várias vezes!

Não havia dúvidas. Um dos rapazes era Tadeu.

Meu mundo estava de cabeça pra baixo. Eu jamais tivera qualquer intimidade com Tadeu. Eu não bebia álcool, nem de brincadeira. Só ia para baladas com o pessoal do teatro. E havia sido muito poucas. Se tivessem posto alguma coisa no meu refrigerante, poderia ter ficado dopada. Mas não me sentiria diferente no dia seguinte? E meus amigos, não cuidariam de mim? O próprio Bruno não cuidaria?

Bruno. Tremi. O que ele faria se tivesse recebido aquele e-mail? Gritei:

— Mãe, como você recebeu esse e-mail?

— Você é que tem que me dar explicação, Camila.

— Só me diga, mãe, como recebeu?

— Hoje de manhã, quando cheguei ao trabalho, abri a caixa postal da empresa. Este aqui estava lá. Passei a maior vergonha, porque muita gente viu. Até a dona da fábrica.

— Eu preciso ver uma coisa.

Corri para o computador. Abri minha caixa postal. O e-mail também estava lá, com todos os anexos. Eu só não tinha visto antes porque saíra cedo, apressada. Verifiquei a lista de endereços: todos os colegas do curso de teatro também estavam copiados. Todos tinham recebido a mensagem! Inclusive a coordenadora. Pior de tudo: Bruno era o primeiro da lista.

— Bruno! Vou ligar pra ele!

Mamãe tentou impedir.

— Você não vai ligar para ninguém. A gente vai conversar!

Eu não conseguia parar de chorar. Corri para o quarto. Bati a porta. Liguei mil vezes. O telefone tocou, tocou, e ele não atendeu.

— Eu preciso falar com ele!

    Resolvi ir até a casa dele. Mas, quando saí do quarto, mamãe e papai me impediram.
    — Nós merecemos uma explicação — insistiu papai.
    — Eu sei que é difícil acreditar em mim, mas isso nunca aconteceu. Nunca! Nem sei como o Tadeu está nessa foto!
    — Nós tomamos uma decisão — disse mamãe. — A culpa de tudo é dessa escola de teatro. Você não volta lá.
    — Faltam só dois dias para a estreia da peça!
    — É melhor sair dessa escola, sua mãe tem razão — concordou papai. — Antes de ir para lá você era uma garota quieta, tímida. Agora...
    Papai engasgou.
    — Eu só sei que não fiz isso!
    — Acabou, Camila. Você não vai fazer a peça.

Argumentei:

— Mas eu ensaiei tanto!

Ele continuou, sereno, porém com uma expressão de decepção no rosto:

— Eu vou levar você hoje mesmo para a casa da sua avó em São Paulo. Até do colégio vai sair. Você não tem mais condição de ficar aqui.

Eu não conseguia entender.

— Por que não tenho condição, papai?

— Todo mundo vai ver essas fotos. Vai comentar. Hoje mesmo você vai para a casa da sua avó.

— Não! Eu quero fazer a peça!

Sem pensar, corri para a porta. Ainda ouvi minha mãe gritar:

— Camila!

Nem esperei o elevador. Desci as escadas correndo. Já na rua, pensei: "Preciso ser rápida".

Tinha pouco dinheiro, mas tinha algum. Peguei o primeiro ônibus que passou. Desci longe. E, com o segundo, cheguei ao apartamento de Helô. Ela já vira as fotos.

— Você aprontou, hein, Camila?

— Helô, eu não tenho nada a ver com isso.

No caminho, em silêncio, eu refletira. Só podia ser montagem. Mas nem Helô acreditou em mim.

— A troco de quê alguém iria fazer uma coisa dessas, Camila? Até o Tadeu está na foto. Você vivia pra cima e pra baixo com ele.

— A gente era só amigo.

— O Tadeu é apaixonado por você. Todo mundo sabe disso. Eu até achava que vocês ficavam. Quer dizer, antes eu só achava, agora tenho certeza.

— Helô... Você é minha amiga, tem que acreditar em mim.

— Camila, eu também já aprontei, e muito. E me arrependi. Hoje em dia, com a internet, você tem que ser mais cuidadosa. Senão bomba na web.

Não adiantava. Por mais que eu garantisse que era armação, Helô não acreditava.

— Como iam falsificar sua foto, Camila?

Mesmo assim, quis me ajudar.

— Tudo bem, pode ficar aqui até a estreia da peça. Só estou preocupada, não vou mentir. Não quero confusão com seus pais. Se eles aprontarem um escândalo porque você está aqui, meu ex--marido pode vir pra cima de mim.

Meus pais! Eu não queria machucá-los ainda mais. Imaginei o quanto estavam magoados. Liguei.

— Pai, acredita em mim. Eu não sei o que fizeram, mas não tenho nada a ver com aquelas fotos. Vou provar.

— Volta pra casa, Camila. Agora!

— Eu volto depois da estreia! Só me deixa fazer a Julieta!

Houve um silêncio do outro lado.

— Vou falar com sua mãe. Fica aí.

Ele demorou para voltar. Quando ouvi sua voz novamente, o tom era cansado. Magoado.

— A sua mãe concorda em deixar você fazer a peça desde que volte para casa. Onde você está? Vou até aí.

Dei o endereço. Helô suspirou aliviada.

— Ainda bem. É claro que não ia deixar você na rua, Camila. Mas sou divorciada, tenho um filho pequeno. Não quero confusão com meu ex-marido, já expliquei. Você é menor de idade, se envolveu nesse escândalo. Não sei o que vai dar.

— Mas...

Silenciei. Ia falar que era inocente pela vigésima vez. Era inútil, ela não acreditava em mim. Só então comecei a ter ideia da dimensão do meu problema. Se Helô, que era minha amiga, duvidava, o que diriam os outros? Liguei para o Bruno mais uma vez. Duas. Três. Ele não respondia.

A campainha tocou. Papai estava na porta, sério.

— Vamos, Camila.

Dei um beijinho rápido na Helô.

— Boa sorte, Camila. Você vai mesmo ao ensaio hoje?

— Claro que vou! Daqui a dois dias a gente estreia!

— Ah, tudo bem.

Helô estava estranha. Mas minha cabeça fervia. Nem prestei atenção na atitude dela.

Voltei para casa. Magoada, de rosto fechado, mamãe nos serviu um lanche. Eu não tinha apetite. Nem ela.

— Não sei por que insiste em fazer essa peça.

— A gente já resolveu, mãe.

Papai falou com firmeza.

— **Mas é um erro, Camila.** Você não devia voltar para aquela escola de teatro. Tomara que não descubra isso da pior maneira.

— Imagina o que vão dizer de você — continuou mamãe.

— Pai, eu tenho certeza de que ninguém vai duvidar de mim. Todo mundo me conhece.

Nem eu acreditava no que estava dizendo, depois da reação da Helô. Mas preferia pensar assim.

Naquele dia, papai não voltou para o trabalho. Mamãe permaneceu em silêncio. Eu via e revia o e-mail. Tentava ligar para o Bruno. Ele não respondia. **Outras mensagens foram chegando. Horríveis. Em muitas, me xingavam.** Observei os remetentes. Desconhecidos.

— Pode ser a mesma pessoa que mandou as fotos. Mas quem ia aprontar uma maldade tão grande?

Dava desespero só de tentar entender. Minha cabeça doía. Tentei dormir. Impossível. Pouco antes do ensaio, papai avisou:

— A partir de hoje dou um jeito de levar você de carro e de buscar, também. É melhor assim.

— Eu sei que é complicado, pai. Eu venho de ônibus.

— Quer ter tempo para aprontar de novo, Camila? — atacou mamãe.

— Mãe, não fala assim. Eu não tenho nada a ver com as fotos. Eu já disse.

Mamãe murmurou alguma coisa. De tão baixinho, nem ouvi. Papai pegou a chave do carro.

— Vamos.

Havia um pouco de trânsito. Chegamos quase na hora do ensaio. Beijei o rosto rígido, quase imóvel, de papai.

— Eu venho no final. Espera aqui em frente da escola.

Só pensava no meu encontro com Bruno. Precisava falar com ele. Explicar.

"Sei que ele vai entender", dizia para mim mesma. "Bruno me ama! E se me ama vai saber que não fiz nada daquilo!"

Respirei fundo. Caminhei em direção à entrada da escola. Bruno estava lá. Olhava diretamente para mim.

Estava sério. Imóvel.

Meu primeiro impulso foi correr até ele. Abraçar. Foi o que fiz. Eu precisava desesperadamente de seu abraço.

— Bruno!

Mas ele não me abraçou de volta.

9

Eu me afastei. O rosto de Bruno estava fechado, como o céu carregado de nuvens antes de uma tempestade. Ainda tentei falar, apesar do nó na garganta.

— Bruno, eu preciso...

Ele me atirou as palavras como se fossem pedras.

— Camila, eu já sei de tudo. Recebi o e-mail com as fotos hoje de manhã.

— Eu sabia que você havia recebido, por isso tentei ligar o dia todo.

— Vi que você ligou. Mas não atendi.

Ele respirou fundo, fazendo esforço para falar.

— Queria o quê, Camila? Que eu dissesse que não me importo com aquelas fotos? Acha que sou idiota? Agora todo mundo descobriu quem você é!

— Aquilo foi armação, Bruno.

— Não vem com essa. Era você. Eu vi.

— Não! De jeito nenhum! Eu não sei como fizeram, nem por que estão espalhando essas fotos na internet. Mas eu juro...

— Não mente! Você sempre andou com o Tadeu pra todo lado. No início eu até achei que vocês estavam juntos.

— O Tadeu era só um amigo!

— E você fica pelada com um amigo?

Chorei. Mal conseguia falar.

— Claro que não. Nem sei como o Tadeu apareceu naquela foto.

— Você sempre fez jogo duro comigo, Camila. Dizia que não era do tipo de garota que ficava hoje com um, amanhã com outro. Botou dificuldade. Pra quê? Pra me fazer de imbecil?

Cada vez eu me sentia mais magoada. Aquele não era o Bruno que eu conhecia.

— Bruno, você sempre disse que me amava. Tem que acreditar em mim.

Seu olhar era duro.

— Camila, eu sei que é você naquela foto. Você tem uma marquinha perto do umbigo. Prestei atenção naquele dia que você estava de top. Eu sempre achei a marquinha linda... Então não vem dizer que é armação porque é você, sim, que está lá, nua, com os dois.

A marquinha! Eu tinha uma pequena cicatriz, de uma mordida de cachorro que levei quando era pequena. No choque de ver as fotos, nem tinha prestado atenção. Mas então... era mesmo o meu corpo! Não, não podia ser, eu nunca tinha sido fotografada nua, disso tinha certeza. Por um instante até pensei: "Será mesmo que botaram um comprimido no meu refrigerante? E aconteceram coisas de que não me lembro?". Mas não, eu tinha certeza de que nada disso tinha acontecido. Teria percebido alguma coisa, era impossível que não!

Bruno me encarou firmemente.

— Agora ficou calada. Claro. Sabe que não adianta negar. Eu esperei você aqui, Camila, na entrada, pra dizer que a gente não tem mais nada a ver. Você me fez de palhaço.

Virou as costas e entrou na escola. Eu chorava. Tudo que estava acontecendo era tão doido, tão inexplicável!

Respirei fundo. Entrei, também. Foi horrível. Enquanto percorria os corredores, ouvia cochichos e risos. Os garotos eram mais debochados. Um gritou:

— Gostosa.

Quando virei para ver quem era, deram ainda mais risada. Senti o rosto doer de vergonha. Todo mundo tinha recebido o e-mail, eu tinha certeza. E quem não recebeu tinha visto as fotos no computador de alguém. Queria erguer a cabeça, mostrar que estava acima de tudo aquilo. Mas não fui capaz. Achei que não fosse con-

85

seguir dar mais um passo. De repente, senti a mão de alguém no meu braço.

— Vem pro camarim.

Era Lígia. Nunca tínhamos sido muito amigas. Para minha surpresa, era a única disposta a me dar uma força. Eu a acompanhei. Quando entrei no camarim, ainda vazio, desabei numa cadeira. Lígia me trouxe um copo d'água.

— Eu também vi o e-mail — ela disse.

— Eu não sei como aconteceu, mas é armação, Lígia.

— Eu imaginei.

Pela primeira vez naquele dia, senti alívio. Finalmente alguém acreditava em mim.

— Esse e-mail é típico de alguém mal-intencionado. Alguém que queria detonar você, Camila, e espalhou para todo mundo. Achei que tinha cara de armação. Você tem algum inimigo?

— Não que eu saiba. Quem ia fazer uma maldade dessas?

Lígia ficou em silêncio por um instante. Abanou a cabeça, como se afugentasse um pensamento. Continuou:

— Mas o Tadeu está na foto...

Só então caiu minha ficha. Claro, o Tadeu devia estar tão mal quanto eu. Podia saber de alguma coisa.

— Eu preciso falar com o Tadeu. Agora!

— Vem comigo, acho que ele está no refeitório.

— Eu não tenho coragem de passar por todo mundo de novo.

— Camila, você precisa. Acha que isso vai acabar de uma hora pra outra? Tem que ser forte. Deve ser duro demais suportar a situação. Mas tem que falar com ele. Se pelo menos ele também disser que foi armação, vai ser bom pra você.

Tomei mais um gole d'água. Lavei o rosto. Saí com a Lígia. Novamente, ouvi cochichos e risadas quando passava. Nenhuma outra colega de classe veio falar comigo. Riam, conversando entre elas. Era como se eu tivesse uma doença contagiosa.

Tadeu estava no refeitório, comendo um hambúrguer frio, daqueles que ele trazia da lanchonete. Notei que ficou constrangido quando me viu. Eu esperava que estivesse tão chateado quanto eu. Mas não. Disfarçou e me deu um sorrisinho.

— E aí, Camila?

Era um sorrisinho tão esquisito! Criei forças para falar.

— Tadeu, você com certeza sabe de tudo que está acontecendo. Do e-mail com as fotos.

Ele ficou quieto. O sorrisinho congelado. Aproximei-me. Percebi que os cochichos haviam acabado. Todo mundo no refeitório olhava pra gente.

— Você sabe alguma coisa sobre essa armação, Tadeu?

O silêncio em torno de nós se tornou maior. Era um bom sinal, as pessoas estavam esperando o que ele ia dizer. Tadeu era meu amigo, sabia que tudo era mentira. Com certeza ia me ajudar.

Para minha surpresa, seu sorriso aumentou.

— Claro que sei.

— Aposto que ficou chateado também. Mas nós vamos provar que foi armação, Tadeu. Diz pra todo mundo que foi isso: uma armação.

— Que armação?

— A foto, Tadeu. Nunca aconteceu nada entre a gente, você sabe. Na foto também estava um sujeito que nem conheço. Sabe quem é?

Tadeu soltou uma risada.

— Não vem com essa, Camila. Você sabe muito bem que a foto é verdadeira. A gente saiu junto.

Todo mundo desabou numa gargalhada. Vi tudo escuro na minha frente. Pensei que fosse desmaiar.

— Tadeu, você é meu amigo. Como pode dizer uma mentira desse tamanho?

— Que mentira, Camila? Você bem que gostava.

A mágoa que senti durante todo o dia virou revolta. Nem sei como, dei um tapa na cara de Tadeu.

— Mentiroso!

Ele segurou minha mão. Debochou:

— Ficou com raivinha, agora?

Lígia interveio.

— Tadeu, larga a Camila.

Tadeu ria. Eu me debati. Gritei.

— Tira a mão de mim! Você é um canalha, Tadeu. Mentiroso!

O pessoal no refeitório assobiava. Gritavam nomes. Percebi que Lígia não estava mais perto de mim. Tentei empurrar o Tadeu. Ele ria e me segurava cada vez mais forte.

— Dá um trato nela, Tadeu.

— A santinha está brava!

Nesse instante, ouviu-se uma voz firme.

— Que confusão é essa?

A coordenadora, dona Eliana, estava na porta. Atrás dela, Lígia. O silêncio foi geral. Tadeu soltou meu braço.

— Vamos conversar na minha sala.

Fui até lá me sentindo derrotada. Se Tadeu, que estava na foto, afirmava que tudo tinha acontecido, quem duvidaria dele? Eu, ele e Lígia entramos na sala da coordenação.

Claro que dona Eliana lera o e-mail. Eu tinha visto o nome dela na lista.

— Não discuto a vida particular dos alunos, Camila. Mas você é menor de idade.

— As fotos são armação! — garanti.

Tadeu, sentado numa poltrona a meu lado, sorriu novamente. Eu já odiava aquele sorriso tão falso.

— São nada. Eu e a Camila namoramos um tempo.

— Como você pode inventar uma mentira dessas, Tadeu? O que tem contra mim?

Lígia ficou a meu favor.

— Dona Eliana, eles nunca namoraram. Eram amigos. Super. Nunca vi os dois nem se abraçando.

— Como explica essas fotos, Camila?

— Eu não sei. Só sei que não sou eu. Quer dizer...

A coordenadora ficou séria.

— Quer dizer o quê?

— Eu não vou negar. É meu corpo, eu tenho essa marca no umbigo. Mas nunca fiz foto nua.

Percebi que a expressão da coordenadora havia mudado. Antes parecia que acreditava em mim, mas naquele momento parecia não ter certeza.

— Camila, até agora eu estava achando que tinham pego seu

rosto e colocado no corpo de outra pessoa. Você diz que é mesmo seu corpo que aparece nas fotos?

— Eu não sei explicar. Só sei que nunca...

O tom da voz dela se tornou mais áspero.

— Camila, se reconhece que é você mesma, não pode negar que fez as fotos.

Eu estava presa numa armadilha!

— Além disso, seu colega aqui, o Tadeu, garante que esse... enfim, que esse encontro realmente aconteceu.

— Mesmo que a foto seja real, a divulgação pela internet foi maldade, para prejudicar a Camila — interrompeu Lígia.

— Concordo. Você sabe explicar isso, Tadeu?

— Não.

— Quem tirou as fotos?

— Sei lá.

— Quem era o outro rapaz?

— Também não sei. Foi a Camila que o levou pra encontrar com a gente.

— Mentira!

A coordenadora me encarou, firme.

— Camila, é inútil continuar negando. A divulgação das fotos realmente é horrível. Entendo como deve estar se sentindo.

— Péssima.

— O pior é que você é menor de idade.

Dona Eliana pensou um pouco.

— Sabe que isso pode prejudicar muito a imagem da escola? No primeiro dia de aula, expliquei que lutamos com dificuldades. Lembra? A escola foi criada por uma prefeitura anterior. A atual não dá muita importância ao projeto. O prédio precisa de reformas, também gostaria de contratar mais professores. Mas não tenho verba.

— O que as fotos da Camila têm a ver? — perguntou Lígia.

— Nossa situação é muito instável. E, como já disse, a Camila é menor de idade. Não quero dar a impressão de que esta escola é um antro. Já comentam que os alunos daqui fazem baladas radicais, se vestem de qualquer jeito. Agora explode este escândalo...

Eu preciso pensar no que fazer.

Engoli em seco. Ela estava me ameaçando?

— O que está querendo dizer, dona Eliana?

— O que está acontecendo é um problema que pode prejudicar demais a imagem da escola, Camila. E tudo pode piorar. Aliás, nem sei o que teria acontecido se a Lígia não tivesse me chamado até o refeitório para acabar com aquela confusão. Preciso pensar em que atitude tomar. Peça para seus pais virem falar comigo amanhã, no fim da tarde.

— Meus pais? Por quê?

— Eu quero discutir o assunto com eles.

— A senhora pode falar comigo, dona Eliana.

— Quantas vezes preciso lembrar que você é menor de idade? Eu quero que eles participem de qualquer decisão.

Gelei.

— Mas que decisão?

— Vamos conversar amanhã. Também quero falar com o professor Cássio. Agora você tem ensaio, não tem? Pode ir.

Quando nos levantamos, ela encarou Tadeu seriamente.

— Tadeu, não se aproxime da Camila nem entre em briga ou faça provocação.

— Mas ela me deu um tapa na cara!

— E você, que é muito mais forte, respondeu com violência. Tem mais, Tadeu, se eu descobrir que você participou dessa armação para distribuir as fotos, vai ser expulso da escola.

Ele empalideceu.

— Eu não tenho nada a ver.

— Está nas fotos. Ainda vamos falar sobre isso, rapaz.

Saímos. No corredor, Lígia encarou Tadeu.

— Estou achando tudo isso horrível. Muito machista. Todo mundo está só falando da Camila. Mas você também estava nas fotos e ninguém acha ruim. Saiu por cima.

— Lígia, sai fora. Não dá palpite, que você não tem nada com a minha vida.

Eu não entendia. Como Tadeu, que sempre fora tão amigo, de repente parecia outra pessoa?

Lígia continuou:

— Acho que você está metido nessa história até as orelhas. Ainda vai se enrolar muito, Tadeu.

Ele virou as costas e saiu pisando duro.

Fui para o camarim arrasada. Principalmente com as palavras de dona Eliana. Que significava a conversa sobre a "imagem da escola"? Mas não tive tempo para pensar no assunto.

Quando me aproximei do camarim, ouvi a voz de minhas colegas de elenco. Não entendi o que diziam, mas percebi que só se falava no meu nome. Ao abrir a porta, ouvi a voz de Tieko.

— É ela.

Todas se calaram. Soraya, que estava terminando a maquiagem, virou-se.

— Você, hein, Camila? Todo mundo achava que era uma patricinha. Que espetáculo você deu!

Quantas vezes teria de repetir a mesma frase?

— Não tenho nada a ver com isso.

— Ah, sei, as fotos apareceram do nada.

Soraya riu. As outras fizeram coro. Menos Helô, que já se vestira de ama.

— Gente, a Camila está péssima. O ensaio já está pra começar. Vamos dar um tempo pra ela.

— Bem que ela podia fazer Julieta pornô! — caçoou Soraya.

— Para, Soraya — pedi.

— Não vou parar coisa nenhuma. Você sempre se fez de santinha. E se fazendo de santinha roubou meu namorado. Agora todo mundo sabe quem você é.

Era incrível. Até o dia anterior, Soraya parecia minha amiga! Agora me tratava com desprezo!

Lígia interrompeu:

— O ensaio já vai começar. É melhor você se vestir, Camila. Não presta atenção no que ela está dizendo.

Eu estava tonta de tanto receber pancada o dia todo. Troquei de roupa. Botei o traje de Julieta. Percebi que Lígia me observava atentamente. Parecia estar pensando em alguma coisa, mas no quê? Em seguida, diante do espelho, passei base. Batom. Helô, gentilmente, me ajudou com os cabelos. Sussurrou quando fomos chamadas para começar o ensaio:

— Tenha coragem. Só faltam dois ensaios para a estreia.

Tentei ter coragem. Mas tive um baque na primeira cena de Romeu com Julieta. Era a festa no palácio dos Capuleto, a família de Julieta. Romeu entrava disfarçado, pois as duas famílias eram inimigas. Se fosse descoberto, morreria. Ao ver Julieta pela primeira vez, apaixonava-se perdidamente. E ela por ele. Dançavam juntos. Trocavam as primeiras palavras de amor.

Impossível falar de amor com Bruno me encarando daquele jeito. Sério. Duro. Não demonstrava carinho, mas raiva. Sem querer, cruzei meu olhar com o do professor Cássio, que nos dirigia. Parecia sério, preocupado. Soraya estava sentada na plateia, esperando sua vez de ensaiar. Sorria. Não entendi aquela expressão. Tudo bem que tivesse ciúme de mim. Mas parecia um sorriso de... felicidade!

Chegou o momento do primeiro beijo. Romeu dizia:

— Não te movas, beijar-te é uma prece. Meu pecado será absolvido quando meus lábios encontrarem os teus.

Bruno me tomou nos braços. Foi um gesto duro, sem calor. Quando seu rosto se aproximou do meu, foi impossível beijá-lo. Lágrimas escorreram pelas minhas faces. Eu me afastei chorando. Não consegui parar mais. Chorei diante de toda a classe. O professor Cássio hesitou. Depois disse:

— Camila, é melhor você não continuar o ensaio. Vá pra casa. Soraya, você faz a Julieta hoje.

— Mas eu...

— É melhor assim, Camila.

Era horrível. O professor também tinha visto minhas fotos nua, eu sabia.

— Eu vou com você, Camila — Lígia se ofereceu.

Como cenógrafa e figurinista, ela podia se ausentar. Fomos ao camarim. Tirei o traje de Julieta e vesti minhas roupas comuns.

— Camila, eu sei que está sendo difícil.

— Eu nem sei como agradecer, Lígia, você está sendo ótima comigo.

— Eu não suporto ver injustiça. Tenho certeza de que você é vítima nessa história. E vou ajudar no que puder! Agora preciso voltar ao ensaio. Você vai ficar bem?

— Vou, sim.

— Vai pra casa?

— Meu pai ficou de me buscar. Vou esperar na entrada da escola.

— Se alguém fizer alguma provocação, fica na sua.

— Tudo bem. Já estou mais calma. Eu comecei a chorar porque não suportei ouvir o Bruno falar de amor. Doeu muito. Justamente hoje, ele acabou o namoro comigo.

— Eu imaginei. Força!

Lígia saiu. Estava surpresa com seu apoio. Nunca tínhamos sido próximas, como já disse. Helô era a minha amiga de sempre. Mas não me dera tanta força. Era tão bom saber que Lígia acreditava em mim! Arrumei minhas coisas. Peguei a mochila. Fui para a entrada da escola. Era melhor esperar longe do pessoal da classe. Sentei na escadaria. Papai não devia demorar.

Dois rapazes do terceiro ano saíram. Riam. Falavam de mim.

— Até que ela é bem bonitinha.

Eu me encolhi. Não queria que percebessem minha presença. Por que papai não chegava logo?

Um deles me viu.

— Olha só quem está aí.

Os dois se aproximaram.

— Está esperando alguém? Não precisa mais.

Levantei. Dei dois passos para trás. Um deles passou a mão no meu rosto.

— Eu não imaginava que por trás desse jeitinho de garota você tinha um corpão.

— Malandrinha.

— Estou esperando meu pai. Vão embora, por favor.

— Vai se fazer de difícil? Eu sou muito melhor que o cara de cabelo moicano.

Olhei ao redor. Estava sozinha. Todos os alunos ensaiavam suas próprias montagens de fim de ano. Tive medo de gritar, de passar mais vergonha.

94

— A gente já sabe quem você é, garota.

Um deles me agarrou.

— Vem cá. Vamos aproveitar o escurinho.

Agora eu estava apavorada.

— Me larga, por favor, me larga!

— Não vem com história.

Um deles passou o braço por trás do meu pescoço e me puxou.

— Você vai ver o que é um beijo gostoso.

Aproximou o rosto. Fechei a boca. Tremia de medo. Vi sua pele cheia de espinhas. O cabelo sujo. Uns rapazes do terceiro ano eram conhecidos como a turma da pesada. Esses dois deviam fazer parte dela. Eu não sabia o que fazer.

Nesse instante um vulto saiu da escola. Quando nos viu, correu em nossa direção. Tuca!

— Larga ela!

Tuca deu um empurrão no rapaz que tentava me beijar. Ele caiu, mais pelo susto que pela força. O outro ficou furioso.

— Qual é a sua? Quer atrapalhar?

— Dão o fora, senão eu chamo a polícia — avisou Tuca.

Eles hesitaram. Um deles propôs:

— Entra no esquema com a gente. Essa é a garota que saiu na internet.

— Já avisei que chamo a polícia.

Os dois hesitaram. Resolveram sair. Um deles ainda avisou:

— Você não me escapa, gatinha.

Eu tinha vontade de chorar, mas não conseguia. Meus olhos estavam secos. Já chorara tanto o dia todo!

— Tuca, obrigada. Eu nem sei...

— Camila, fica tranquila. Ainda bem que cheguei.

— Você não estava ensaiando?

— Ah, eu só fico andando de um lado pro outro naquela peça, sem falar. Dei um tempo. Amanhã acordo cedo.

Solucei.

— Ainda bem.

— Mas você não devia ficar dando mole, Camila, depois daquelas fotos.

— Eu nunca imaginei que...

Tuca me olhou atentamente.

— Ainda não caiu a ficha, né, Camila? Toda a escola só fala de você. E não são coisas boas. Tem que tomar cuidado.

Disse pela milésima vez naquele dia:

— Mas eu não fiz nada.

Para minha surpresa, ele não duvidou.

— Eu não sou muito de computador. Só vi as fotos porque me mostraram. Nem acreditei, achei que nesse lance tem coisa errada.

Que bom saber que ele também tinha dúvidas, mesmo diante das fotos!

96

— Você nunca aprontaria uma coisa dessas, Camila. Também não teve nada com o Tadeu.

— Tuca, você está sendo tão legal comigo! Nem sei como agradecer.

— Ah, você é que foi legal comigo.

— Eu?

— Quando cheguei na escola com minhas pernas de pau, todo mundo me olhava de um jeito esquisito. Menos você. Já me recebeu sorrindo, batendo papo. Eu sei que você é legal.

O carro dos meus pais dobrou a esquina. Dei um beijo no rosto de Tuca. Entrei. Quando partimos, mamãe perguntou, com a voz dura:

— Quem era aquele lá?

Resolvi não falar sobre a agressão dos outros dois. Mamãe ficaria mais nervosa ainda.

— O Tuca! É um colega de classe. Ele ficou comigo até vocês chegarem.

— Na escola, como foi? — quis saber papai.

— Ruim. Todo mundo viu as fotos.

— Seu pai disse para você não aparecer mais, ir para a casa da sua avó — mamãe insistiu.

— Eu não posso abandonar a peça às vésperas da estreia. Mamãe, você prometeu!

— Prometi, mas não estou satisfeita. Eu não me conformo com essa história, Camila. Nunca pensei que a gente passaria por uma vergonha dessas.

Tentei não ouvir enquanto mamãe voltava ao assunto com força total, tentando me convencer a desistir do teatro.

Avisei meus pais sobre a reunião com a coordenadora. Torci para mamãe dizer que não iria. Mas ela concordou no ato.

— Parece que pelo menos alguém tem a cabeça no lugar. Eu aviso no trabalho, saio mais cedo.

— Também dou um jeito. Acho bom falar com a coordenadora — disse papai.

Fomos para o nosso apartamento. Minha cabeça latejava.

Mal consegui dormir. Só pensava nas fotos. No que acontecera na escola. No ensaio. Mais que tudo, no jeito de Bruno me olhar.

As lágrimas escorriam cada vez que eu pensava nele. Doía tanto perder meu primeiro amor!

Não fui às aulas do colégio na manhã seguinte. Mamãe falou com a diretora. Aparentemente o e-mail não circulara por lá. Talvez fosse apenas uma questão de tempo, porque os e-mails se multiplicam. Passei boa parte do dia descansando, sem conseguir ler, pensar. Na verdade não era capaz de fazer nada! Somente no meio da tarde peguei no texto da peça. Era melhor ensaiar a minha Julieta. Liguei para Helô, queria que me ajudasse.

— Eu não posso, estou ocupadíssima, querida.

Seria impressão minha ou a voz dela estava mais fria?

Falei com Lígia.

— Você vai ter que mostrar muita coragem, Camila. Hoje, chegue ao ensaio e mande ver.

— Eu sei, Lígia. Já estou mais calma, vou me segurar diante do Bruno. Vou fazer uma Julieta linda.

Reli o texto várias vezes.

"Vou ser muito melhor do que antes, porque agora conheço o sofrimento. E Julieta sofreu também!", prometi a mim mesma.

Quando fomos para a reunião com dona Eliana, já levei a mochila. Pretendia ficar diretamente para o ensaio. Para minha surpresa, quando eu, papai e mamãe entramos na sala, o professor Cássio também estava lá, muito sério. Assim como dona Eliana. Senti medo. Qual o propósito daquela reunião?

Não demorei a saber. Depois dos cumprimentos, dona Eliana foi curta e grossa.

— Camila, eu refleti bem. Você não pode mais fazer Julieta. Vai ter que sair da peça.

10

Fiquei muda diante de tanta injustiça! Eu, sair da peça? Eu, desistir de Julieta? Minha mãe, porém, concordou imediatamente.

— Acho ótimo. Nunca quis que Camila estudasse teatro.

Argumentei:

— Não é justo!

— Camila, pense bem — interrompeu meu pai. — Diante de toda a situação, o melhor é sair da peça e desta escola. Aqui sempre vão falar de você!

— Não, pai! O certo é descobrir quem aprontou isso comigo.

A coordenadora continuou, séria:

— Nós estamos tentando descobrir quem enviou os e-mails. Mas é difícil. Os e-mails foram distribuídos por um site no exterior.

— Foi alguém fora do Brasil que mandou as mensagens? — perguntou mamãe.

O professor Cássio explicou:

— Dona Leda, é quase certo que foram enviados por alguém da nossa cidade. Alguém que queria fazer mal à Camila. Provavelmente a pessoa abriu uma conta de e-mail em um site fora do país. E mandou de uma *lan house*, o que torna difícil a identificação.

— Você tem alguma pista, algum inimigo? — quis saber dona Eliana.

— Eu não consigo imaginar quem pode ter motivos para fazer uma maldade dessas. Mas... o Tadeu está na foto. Ele deve saber de alguma coisa.

— É o que me deixa mais arrasada — disse mamãe. — Esse garoto apareceu lá em casa com você várias vezes. Nunca gostei dele. Você dizia que era seu amigo. Viu só o que ele aprontou?

— Ele era meu amigo! Não sei o que houve para inventar que teve alguma coisa comigo. Ele sabe que as fotos são falsas!

Dona Eliana me encarou.

— Camila, chegou a hora de dizer a verdade. Era mesmo só amigo?

— Era! Eu não entendo o que aconteceu. A gente era superunido. Ultimamente ele se afastou. Agora faz parte desta armação. Ainda debochou de mim, ontem.

— E o outro rapaz que aparece na foto?

— Não tenho a mínima ideia de quem seja.

— Como não tem ideia se os dois estão pelados juntos com você? — quis saber mamãe.

Papai me defendeu:

— Leda, hoje em dia é possível montar fotos por meio de programas de computador. Até mesmo botar a cabeça de uma pessoa no corpo de outra.

— Foi isso que aconteceu, Camila, botaram sua cabeça no corpo de outra garota?

Abaixei o rosto.

101

— Não, mamãe. Eu não consigo entender como aconteceu, mas sou eu mesma. Tem a marquinha no umbigo. Mas os rapazes na foto, isso é montagem!

— Você permitiu que alguém a fotografasse nua? Que vergonha!

— Nunca deixei. Nem ia deixar.

Dona Eliana e o professor Cássio se entreolharam.

— Eu vou conversar com esse rapaz, o Tadeu. Seriamente. Você garante que houve montagem na foto. Vou investigar.

Senti esperança.

— Posso voltar para a peça? A estreia é amanhã!

— Não, Camila. A decisão está tomada. Vai ser péssimo para a imagem da escola se você estrear, com tanta gente. Todo mundo vai comentar, inclusive com as autoridades convidadas.

— Mas eu sou a vítima.

Desta vez, o professor Cássio falou:

— Camila, acredite, eu levei o maior susto quando a Eliana me comunicou essa decisão. Tenho certeza de que você foi vítima de um ataque pela internet. É o que chamamos de bullying digital. Mesmo assim, também acho que você não pode estrear a peça.

— Por quê?

— Ontem você não conseguiu nem falar. Impossível fazer Julieta com essa pressão na sua cabeça, Camila. Seria um desastre para você, para seus colegas de elenco e para a própria peça.

Comecei a chorar. O professor pôs a mão no meu ombro, carinhoso.

— Você precisa de tempo para se acalmar, se controlar.

— Mas como vão fazer sem mim? Eu sou a Julieta!

— Esqueceu que temos duas Julieta? Cada uma se apresentaria em dias alternados. Vou pedir para a Soraya interpretar todos os dias.

Senti o peito apertado. Soraya! De repente, uma suspeita apareceu na minha cabeça. Mas... seria possível? A Soraya?

Nem pude continuar a conversa. Dona Eliana levantou-se.

— Está tudo resolvido. Talvez seja mesmo melhor mudar de escola, Camila. Boa sorte.

E estendeu a mão para mim. Sem acreditar, eu correspondi. Papai e mamãe também a cumprimentaram. Fui lentamente até a porta. Para minha surpresa, do lado de fora Lígia, Fábio e Helô me esperavam.

— Como foi, Camila?

— Ah, Lígia, eu saí da peça.

— E da escola — completou mamãe.

— O quê? — surpreendeu-se Lígia.

Helô me abraçou.

— Camila, querida, eu sinto muito por não ter dado o apoio que você precisava até agora. Eu levei um choque. E fiquei com medo de que o meu ex-marido implicasse, pois várias vezes você ficou tomando conta do meu filho. Mas hoje eu pensei que fui uma covarde, que uma amiga não abandona a outra numa situação dessas. Desculpe.

— Tudo bem, Helô.

Fábio também me cumprimentou.

— Eu estava conversando com a Lígia. A gente acha que tem muita safadeza nessa história, Camila.

Estranho. Eu nunca fora amiga do Fábio. Mas agora ele estava lá. Senti uma pontada. Não era Bruno que devia confiar em mim? Dar força, apoio?

Apesar da solidariedade de meus colegas, estava arrasada. Nos últimos meses eu me dedicara inteiramente a Julieta. E a Bruno. De repente, perdia as duas coisas mais importantes da minha vida.

— Obrigada, vocês estão sendo superlegais.

Voltei para casa com um sentimento horrível, que deixava meu corpo pesado. Mamãe estava satisfeita porque enfim eu saíra da escola de teatro, mesmo forçada. Mas também quis me ajudar. Quando chegamos ao apartamento, me deu um longo abraço.

— Você vai superar tudo isso, querida. Eu e seu pai já tomamos consciência de que houve maldade de alguém nessa história. É melhor tomar um banho e se deitar.

Naquela noite, ela me tratou como se eu estivesse doente. E, de certa maneira, eu estava. Não tinha vontade de levantar da cama, de fazer nada. Só pensava no último ensaio. Todos sabendo que eu tinha sido eliminada da peça. Soraya como Julieta, na estreia, como tanto queria. Cada vez que eu pensava nela, a dúvida retornava mais intensa. Soraya! Seria possível? Não! Ela se tornara minha amiga! Mas Tadeu também não era amigo? Nós nunca brigamos, eu e ele. Mas se afastara quando comecei a namorar o Bruno. Agora estava na foto. Afirmara ser verdadeira, mesmo sabendo que não era. Não podia haver maior traição. Tadeu estava o tempo todo com Soraya e Tieko. Tinham se tornado tão unidos!

Meu cérebro não parava. Mal dormi a noite toda. Cochilei no final da madrugada. Quando me levantei, papai já saíra. Mamãe estava arrumada para também ir trabalhar.

— Vou para a fábrica, não posso faltar demais. Acho melhor você não sair de casa hoje.

Fiz que sim. Ir para onde? Enfrentar mais humilhação?

— Qualquer coisa, me ligue.

Foi assim que passei o dia da estreia da minha peça: sozinha no apartamento, com a televisão ligada. Sem vontade de fazer coisa alguma. Quando tive fome, nem quis esquentar a comida. Fiz um sanduíche. Pensava na estreia, dali a algumas horas. Nas luzes do palco se acendendo. Nas primeiras falas da peça. Na cena do balcão. Na morte de Julieta. As palavras vinham à minha boca. Sua última fala diante do corpo de Romeu:

— Punhal! Que o meu coração seja tua bainha!

A noite chegou. Imaginei as pessoas entrando. Sentando-se nas poltronas. O convidado da grande rede de televisão acomodado nas primeiras fileiras. As luzes da plateia se apagando. E a entrada triunfal de Soraya.

De repente, o interfone tocou. Estranhei:

— Quem será?

Não acreditei quando ouvi o porteiro anunciar que a Lígia estava ali. Menos ainda quando abri a porta: Fábio e Helô estavam com ela!

— Que houve? E a estreia? Helô, você vai fazer a ama de Julieta no lugar de Soraya! É um dos papéis principais, não devia estar aqui!

— Não vai haver estreia, Camila — falou Lígia.

Rapidamente os três me contaram o que havia acontecido. Na noite anterior, quando o professor Cássio anunciou que eu não faria mais Julieta, Lígia protestara.

— Você fez isso por mim, Lígia?

— Não suporto injustiça, você sabe, Camila. E esta é uma das histórias mais cabeludas que já ouvi.

Vários alunos aderiram. Houve discussão. Soraya gritou que todo mundo estava contra ela, só porque ia estrear como Julieta. A própria Lígia lembrou que Soraya era quem mais ganhava com a minha saída.

— Desde o começo, achei tudo muito estranho. Tinha certeza de que o ataque pela internet partira de alguém da escola. Houve um debate. Vários alunos disseram que não entrariam em cena. Inclusive Helô.

O problema era sério. Quando o professor Cássio e a dona Eliana definiram os papéis, Soraya faria a ama em dias alternados com Julieta. Mas se Soraya fizesse Julieta, Helô teria de fazer a ama todos os dias. O papel era difícil, não dava para ensaiar ninguém de um dia para o outro.

— Helô fez pé firme — Lígia falou.

Eu olhei para Helô e não me contive:

— Você esperou tanto por esse momento!

— É verdade, Camila, mas, se isso aconteceu com você, amanhã não podem inventar também algo contra mim? Eu tenho um filho, já pensou? Sou sua amiga, sim, mas não foi só por isso que eu batalhei. Se a gente deixar um ataque desses passar em branco, amanhã pode haver outro contra qualquer um de nós.

Fiquei emocionada.

— Eu compreendo a posição da dona Eliana — disse Lígia. — Quer salvar a escola. Ficou com medo de que um escândalo oferecesse motivo para ela ser fechada. Há muita gente que quer tirar nossa verba. Ela achou que se você estreasse toda a cidade ia falar sobre o assunto e prejudicar o projeto da escola.

— Foi o que ela me disse — concordei.

— Só que eu gosto de lutar pelo que acho certo — disse Lígia. — Finalmente, o professor Cássio resolveu adiar a estreia em uma semana.

Os três sorriram ao mesmo tempo. Lígia continuou:

— Ontem mesmo ele enviou e-mails para todos os convidados e falou pessoalmente com o diretor do teatro e o produtor de televisão, que eram os convidados especiais. Deu tempo de cancelar a estreia sem nenhum prejuízo ou mal-estar. Só a Soraya que não gostou. Ela ficou furiosa.

— E... e o Bruno?

— Estou chateadíssima com ele — confessou Helô. — Se gostasse mesmo de você, estaria aqui com a gente.

— Ah, mas a Soraya fica o tempo todo na orelha dele. Ele está confuso — explicou Fábio.

— Mesmo assim. O Bruno me magoou muito — respondi.

— Agora temos que descobrir quem aprontou com você — disse Lígia. — Por isso insistimos no adiamento. Pra você voltar pra peça de cabeça erguida.

— A dona Eliana falou com o Tadeu?

— Ele ficou horas na sala da direção — contou Fábio. — Parece que a coordenadora e o professor Cássio fizeram todo tipo de pergunta. Mas ele negou tudo.

— Pior. Confirmou que sempre ficava com você.

Lamentei:

— Não sei o que aconteceu com o Tadeu. Era tão meu amigo.

Helô deu sua opinião:

— Dor de cotovelo. Era apaixonado por você.

— Mas nunca demonstrou!

— Você é que não percebeu. Ele ficou roído de ciúme quando você começou a namorar o Bruno.

— Mas a ideia das fotos não deve ter sido dele. Nos últimos tempos, eu sempre via o Tadeu com a Soraya e a Tieko. Para mim, tudo isso foi coisa da Soraya — Lígia completou.

— Eu também pensei nisso. Mas ainda não consigo acreditar. Ultimamente ela me tratava superbem, como amiga.

Lígia sorriu:

— Você ainda é muito inocente, Camila. Ela falava de você pelas costas. Dizia que era uma péssima atriz, que sua Julieta era horrível. Que roubou o Bruno dela.

— Eu não roubei! Foi só...

— Eu sei, ninguém rouba ninguém de ninguém. Ele começou a gostar de você, você dele. Acontece que ela sempre foi louca pelo Bruno. Pra mim a Soraya armou esse escândalo. Só não sei como...

De repente, entendi tudo.

— Agora eu sei! Só pode ter sido ela, sim. Várias vezes, durante os ensaios, ela fazia fotos da gente no camarim, com o celular.

— Já tomou banho no vestiário?

— Sim, depois do ensaio...

Parei no meio da frase. Como podia ter sido tão boba? É claro. Soraya tivera várias oportunidades de me fotografar sem roupa. Quando me trocava, na confiança da intimidade do camarim, ela batia as fotos com o celular. Às vezes, brincávamos, fazendo gestos da peça. Não totalmente nuas, mas de lingerie.

— Ela usou suas fotos e fez montagem nas partes íntimas, com certeza. Para dar a impressão de que você estava nua — explicou Fábio. — É por isso que vim aqui. Tenho quase certeza de que foi ela quem aprontou.

— Você tem alguma pista, Fábio?

— É como expliquei para a Lígia e para a Helô. Eu já fui bem nerd e ainda sou louco por informática. Meu pai insistiu que eu fizesse teatro para me desinibir. Estou gostando, é ótimo. Mas sou ligado mesmo em computador. Eu já tentei rastrear o e-mail com as fotos, mas não consegui.

— A coordenadora também tentou.

— Eu achava que conhecia o rosto do outro rapaz da foto. Você sabe quem é, Camila?

— Não. Claro que não!

— Lembrei que conhecia ele de algum lugar. Pensei bem. E descobri. Ele fez um curso de informática comigo.

— Sério?

— Tenho certeza de que é primo da Soraya.

Tudo se ajustava! Só havia um problema.

— Como a gente vai conseguir provar?

Lígia interrompeu a conversa.

— Por isso demoramos pra vir contar que a estreia foi adiada. Estávamos tentando bolar um plano. Só tem um jeito de provar a verdade. Você vai ter que ser muito atriz, Camila.

— Eu, Lígia? Como?

— Tem que fazer o Tadeu falar.

— Ah, mas eu não quero mais ver a cara dele.

— Tem que se esforçar. Eu pensei em tudo — disse Fábio. — Conheço um pouco de eletrônica. Vamos armar uma gravação.

— O que você quer gravar?

Lígia explicou:

— Tenho certeza de que o Tadeu ainda é doido por você, Camila. Amanhã você vai lá na lanchonete, no final do expediente, com um microfone escondido no corpo. Vai falar com ele.

— Falar o quê?

— Tem que representar. Dizer que chegou à conclusão de que ele fez aquilo por amor. Que está disposta a perdoá-lo.

— De jeito nenhum.

— Camila, é o único jeito — insistiu Lígia. — Tem que fazer o Tadeu falar. Com a gravação, você vai provar que foi a vítima nessa história. Principalmente para a dona Eliana. Até agora ela acha que o envio das fotos foi safadeza. Mas não tem certeza se a foto é verdadeira ou não.

— Eu sei. Até eu reconheci meu corpo — admiti.

— Se você gravar uma conversa com o Tadeu, vamos mostrar à direção. E para todos os nossos colegas. Como nos filmes! — disse Fábio.

— Sabe que o Tadeu pode até ser processado? — concluiu Lígia. — Ele, a Soraya e todo mundo que aprontou com você. Difamação pela internet é crime!

Engoli em seco. Eu não queria justiça? Então tinha que batalhar por ela.

— Está certo. Topo.

Os três aplaudiram.

— Vou arranjar um microfone pra botar na sua roupa. Sabe, eu adoro bancar o detetive — disse Fábio, agora com um sorriso no rosto.

Mamãe chegou logo em seguida. Por sorte, não ouviu a conversa. Ficou feliz em saber que alguns amigos acreditavam em mim. Aos poucos, apesar do choque, ela também se convencia da minha inocência. Convidou os três para jantar. Foi ótimo. Quando papai chegou, estávamos rindo à mesa. Sem perceber, até consegui me divertir. Fui dormir com o coração mais leve. Pronta para o dia seguinte.

À tarde, nos encontramos de novo. Testamos o microfone. Depois, o escondemos na minha jaqueta. Aprendi a apertar um botãozinho disfarçado para acionar o gravador, também minúsculo. Era demais! O Fábio era incrível com tecnologia. Fiquei feliz que ele estivesse do meu lado. Depois, fomos até a lanchonete. Quando estávamos bem próximos, Lígia avisou:

— Daqui em diante você tem que ir sozinha. O Tadeu não pode desconfiar de nada.

Respirei fundo. Precisava disfarçar a raiva.

Quando entrei na lanchonete, Tadeu terminava de limpar as mesas. O rapaz do turno da noite já havia chegado e estava no balcão.

— Tadeu, preciso falar com você.

— Se veio discutir, desista. Eu já disse...

— Tadeu, é sério. Eu acho que...

Percebi que minha voz estava dura. Seca. Daquele jeito não ia conseguir convencê-lo de que estava disposta a perdoar. Tive uma ideia. Falar como Julieta! Mais meiga. Eu era uma atriz, não era? Reuni minhas forças. E me senti entrando num palco. Olhei para o Tadeu com ternura.

— A gente precisa conversar. Como antes.

Para minha surpresa, a expressão do Tadeu parecia de alívio. Sorri.

— Vamos falar só um minuto, pode ser?

— Eu... eu já acabei.

Tadeu foi para o fundo. Tirou o avental. Voltou com a mochila.

— Diga aí, Camila.

Acionei o gravador.

— Eu... Sabe, Tadeu...

Não sabia bem o que dizer. Tinha vontade de soltar umas verdades nas fuças dele. Consegui me controlar.

— Eu só quero saber... Você participou daquilo porque me ama?

— Ãhn?

— Fala pra mim... Sabe, eu nunca percebi que você gostava de mim. Se você tivesse falado alguma coisa...

— Você namoraria comigo se eu tivesse falado?

— Ah, Tadeu, você era tão legal. Meu amigão. Eu estou sofrendo muito. Mas fico pensando, será que foi por amor?

Tadeu estreitou os olhos. Respondeu com a voz cheia de mágoa:

— Quando eu te conheci, Camila, você era a patricinha da escola. Todo mundo fazia piada sobre o seu jeito de se vestir, os seus modos de garota rica.

— Mas eu não sou rica.

— Seu pai pode ter perdido dinheiro, mas ainda está melhor que a maioria de nós lá da escola. Deixa eu continuar. Eu fui o único que virei seu amigo logo de cara. Depois veio a Helô... e outras pessoas. No primeiro dia, só eu me aproximei de você. Até ofereci meu lanche, lembra?

— Eu nunca esqueci.

Falou, cheio de mágoa:

— A gente ficou amigo. Eu via você tão delicadinha, não tinha coragem de dizer...

— De dizer o quê, Tadeu?

— Que eu amava você, Camila. Desde o primeiro dia.

— Amava?

— Mas eu sabia que sua mãe não gostava de mim, que tenho cabelo moicano, que trabalho aqui de garçom, que sou pobre. Achei que só com o tempo teria chance. Que a amizade um dia viraria amor. Então apareceu o Bruno.

— Eu sei, Tadeu. Você ficou triste quando eu comecei a namorar o Bruno.

— Triste só, não. Furioso. Camila, você mal conhecia o Bruno e de um dia pro outro estavam namorando. E eu?

— Tadeu, eu não sabia o que você sentia por mim.

— Você podia ter percebido. Mas teria feito alguma diferença?

Engoli em seco. Eu compreendia os sentimentos dele. Mas a raiva por ter sido rejeitado não justificava o que ele havia feito. Não podia brigar, porém. Ele precisava falar mais, contar tudo o que sabia sobre a armação.

— Acho que já falei tudo, Camila. Vou nessa. A peça foi adiada, você deve saber. Mas hoje tem ensaio.

Não! Eu sabia que estava por pouco.

— Tadeu, espera. E se eu... gostasse de você também?

Ele se virou, surpreso.

— Você namoraria comigo, Camila?

— Primeiro a gente tem que superar esse barulho todo. Principalmente porque você está na foto. Eu quero saber o que você fez, Tadeu. Como posso perdoar sem saber? E, quem sabe...? Eu tenho que pensar, estou muito arrasada.

Ele olhou para os lados. Sorriu vitorioso. E me olhou com desdém.

— Não vem com conversa mole. Você nunca namoraria comigo. Quer um cara certinho como o Bruno. Você pisou em mim. Não me deu mais a mínima quando começou a namorar o Bruno. Merece tudo o que aconteceu. Eu tive a minha revanche.

— Revanche, Tadeu?

— Acabei com você, Camila. E com o Bruno também, que agora anda com uma cara de idiota pra cima e pra baixo.

Meu coração deu um salto. O Bruno? Então ele também estava sofrendo? Tadeu continuou:

— A ideia foi da Soraya. Ela também estava furiosa com você.

— Por causa do meu namoro com o Bruno?

— Também. Ela ficou muito brava com vocês dois. Mas foi principalmente por causa da Julieta. A Soraya queria estrear a peça, a estreia é a noite que conta, por causa dos convidados importantes. Talvez pudesse até ser chamada para um teste na televisão. Mas a chance ficou com você. Então... Ela tem um primo que entende de informática e...

Só podia ser o conhecido do Fábio!

— ... falou com ele. A Tieko também ajudou. As duas fizeram fotos suas no vestiário. Trocando de roupa. Tomando banho. Brincando. Você é tão tonta que nem percebeu.

— Eu estava com minhas amigas de elenco!

— Esqueceu que existe internet, Camila? Hoje em dia uma foto pode cair na web, se espalhar. Você nem pensou nisso!

— Não pensei, mesmo.

— Ela escolheu uma foto em que você fazia um gesto como a Julieta. Como se abraçasse alguém.

— Foi uma brincadeira no camarim! Eu lembro! Estava de lingerie!

— E daí? O primo da Soraya juntou essa foto com outras que ela tirou sem você perceber. Mais íntimas. E depois ela me convenceu a fazer a foto. Eu não queria.

— Não queria, mas fez.

— A Soraya garantiu que seria uma prova a mais. A gente andava sempre junto, Camila, antes de o Bruno e você namorarem. Fácil acreditar que a gente ficava. O primo dela também posou para a foto, peladinho. Depois montou. A Tieko é esperta. Devagarzinho conseguiu o e-mail de todo mundo da escola. E o da sua mãe, a própria Soraya arranjou!

— Só pode ter sido no dia em que a gente foi pegar as bijuterias.

— Acho que foi. Os outros, a Tieko garimpou. Nem sei como. O primo da Soraya também pesquisou alguns na internet. Foi ele quem mandou os e-mails, de um jeito impossível de rastrear.

— Vocês planejaram tudo! Tanta maldade!

— Você mereceu, Camila.

Eu não conseguia mais representar.

— Não, Tadeu, você é que merece o que vai acontecer a partir de agora. Todo mundo vai ficar sabendo que você, a Soraya e os outros são os culpados pelo escândalo!

Ele riu.

— É sua palavra contra a minha. Não tem como provar.

— Acontece que tenho, Tadeu. Eu gravei esta conversa.

Por um instante, ele ficou pálido. Em seguida, pulou em cima de mim.

— Quero esse gravador!

Eu me debati. Suas mãos percorriam meu corpo. Em breve chegariam ao bolso onde o gravador estava escondido.

— Socorro! Tadeu, me solta!

— Você me paga, Camila.

Ouvi uma voz:

— O que está acontecendo?

Um cliente havia entrado na lanchonete. O colega de Tadeu, que estava nos fundos, também veio até nós.

— Que confusão é essa?

— Essa traíra aprontou comigo!

Ele ainda estava perigosamente perto de mim.

— Aqui não é lugar para briga, Tadeu. Se o dono da lanchonete souber, você está fora — avisou o amigo.

— Que se dane. Já estou cheio daqui mesmo. Eu só quero que ela dê o que pegou de mim.

— Você pegou o que dele? — quis saber o cliente.

— Nada!

— Mentira! Ela pegou um gravador meu, está no bolso — acusou Tadeu.

— É melhor devolver o gravador, garota — disse o outro rapaz que trabalhava na lanchonete.

Tadeu me agarrou pelo braço. As coisas não estavam nada boas para o meu lado. Nesse instante, Lígia, Fábio e Helô entraram.

— Tire as mãos dela ou chamo a polícia — avisou Lígia.

Tadeu assustou-se e me soltou. Eu corri para perto dos meus amigos.

— A gente estava do outro lado da rua e viu pelo vidro quando começou a briga — explicou Helô.

— Você conseguiu gravar? — perguntou Fábio.

— Gravei tudo.

Olhei firmemente para Tadeu.

— Agora todo mundo vai saber a verdade. O golpe foi descoberto!

11

Quando chegamos à escola, fomos diretamente para a sala da coordenadora. Ela nos atendeu, surpresa:

— O que houve?

— Vou provar que houve um complô contra mim! — garanti.

Explicamos tudo sobre a gravação. Ela ligou para o professor Cássio.

— Acho melhor você vir até minha sala.

Os dois ouviram meu relato e o áudio, sérios. Para melhorar as coisas, Helô havia tirado algumas fotos através do vidro da lanchonete enquanto eu conversava com o Tadeu. Inclusive do momento em que ele me agarrou para recuperar a gravação.

— Isso tudo é muito sério — comentou dona Eliana.

— O escândalo vai ser maior do que a gente imaginava — completou o professor.

O professor coçou a cabeça e falou:

— A decisão de tirar a Camila da peça foi muito precipitada. Agora, se quiser, ela pode até processar a escola.

Eu nem havia pensado nisso! Dona Eliana concordou:

— Fiquei tão preocupada com o escândalo que tomei a decisão muito depressa. Devia ter amadurecido mais.

Pediu para conversar com meus pais com urgência. Esperamos tomando café e falando sobre o assunto até que eles chegaram. Dona Eliana mostrou a gravação. Mamãe chorou.

— Camila, estou me sentindo péssima por não ter acreditado em você desde o princípio de tudo isso.

— Nunca imaginei que seus colegas de teatro pudessem fazer isso. Montar uma cena tão perfeita no computador só para prejudicar você... — disse papai. — Passei esses dias todos me torturando, perguntando a mim mesmo como minha filha podia ter feito uma coisa dessas...

Para minha grande surpresa, mamãe disparou:

— Dona Eliana, o pior de tudo foi minha filha ser tirada da peça. Quando isso aconteceu, todo mundo que viu aquele e-mail imundo passou a acreditar que a Camila era culpada. E que estava sendo punida por isso.

— Eu só queria defender a escola. Impedir um escândalo — dona Eliana falou, muito baixo.

— Pois agora eu exijo que ela tenha o papel de volta — disse mamãe. — Eu nunca quis que ela estudasse teatro. Mas a única maneira de ela superar essa humilhação é fazer o papel de Julieta. Subir ao palco. Só isso vai mostrar para todo mundo que ela é inocente. Que a escola sabe disso e está do lado da minha filha.

Eu não conseguia acreditar. Mamãe defendendo minha estreia no teatro? Ela continuou:

— Eu estava confusa, morrendo de medo. Conversei muito com uma amiga minha, a Fanny, que é jornalista. Ela disse que isso é o melhor a ser feito. Expulsar a Camila da peça deu a impressão de que as fotos eram verdadeiras e que a direção da escola sabia disso.

Dona Eliana suspirou.

— Acho que podemos encontrar um meio-termo. Se ela voltar, vai ser o mesmo que jogar lenha na fogueira!

Mamãe abanou a cabeça. Pegou a mão de papai.

— Sei que meu marido pensa da mesma maneira. Minha filha precisa de um gesto de apoio da escola. O único que vai produzir um bom efeito é deixá-la voltar ao palco. E também é preciso que os culpados sejam punidos.

Quase explodi de tanta emoção!

— Mamãe! Obrigada! Só de ouvir você falando eu me sinto melhor.

Ela me abraçou ternamente.

— Eu e seu pai sempre estamos do seu lado, Camila. Podemos discordar de muita coisa. Mas somos uma família.

— Minha esposa está certa. A Camila tem que voltar para a peça, dona Eliana.

— Mesmo porque nós, os alunos, já fizemos a estreia ser adiada até resolver tudo — completou Lígia.

— Agora a senhora sabe a verdade. Tem que tomar a decisão correta — concluiu Fábio.

A coordenadora permaneceu em silêncio, pensativa. O professor Cássio se aproximou mais dela.

— Eu sei que você pensou na escola, nas pressões que a gente vem sofrendo para fechar. Mas agora o mais importante é a Camila.

— E a justiça — disse dona Eliana. — A justiça sempre é o mais importante. Eu não posso deixar tanta maldade acontecer na minha frente e não fazer nada!

Ela se levantou.

— Já está na hora do ensaio, não está, Camila?

Fomos para o teatro. Os outros alunos já haviam chegado. Soraya estava pronta, vestida de Julieta.

— Professor, os ensaios não vão começar? Estamos atrasados! — foi dizendo.

Nesse instante, ela me viu. E me encarou, surpresa. Quis falar alguma coisa, mas ficou quieta diante da presença do professor Cássio, de dona Eliana, dos meus pais, de Fábio, Lígia e Helô. Os outros alunos, já vestidos com os trajes de seus personagens, cochicharam entre si. Notei que Tadeu não estava entre eles. Certamente fugiu por saber que a bomba ia estourar. Bruno, no fundo do palco, me olhou espantado. A coordenadora subiu ao palco.

— Vamos conversar. Por favor, ouçam com atenção!

Todos silenciaram.

— Hoje, a Camila, ajudada pela Lígia, pelo Fábio e pela Heloísa, conseguiu provar que as fotos na internet foram armadas.

— Conseguiu provar como, se são verdadeiras? — atreveu-se Soraya.

— Não, Soraya, não são.

Os cochichos recomeçaram.

— Silêncio, por favor.

Os alunos emudeceram.

— Foi uma armação. A Camila teve muita coragem e conseguiu um depoimento do Tadeu. Ele contou tudo.

Soraya empalideceu. Tieko pegou em seu braço, solidária.

— A ideia foi sua, Soraya. Você fotografou a Camila quando ela se trocava no camarim. O Tadeu fez a foto sem roupa para você montar junto com a dela. O outro rapaz, segundo o depoimento do Tadeu, é seu primo. Não só fotografou nu, para tornar as fotos mais picantes, como também é ele quem entende de computador e foi quem montou as fotos e enviou os e-mails.

— É invenção! A senhora tem mais imaginação do que Shakespeare! — reagiu Soraya.

— Sabemos de tudo, Soraya. Vocês armaram para dar a impressão de que a Camila estava nua com os dois rapazes, também nus. Distribuíram as fotos pela internet. Foi a Tieko quem conseguiu todos os e-mails. O Tadeu também contou.

— O que ele falou está gravado — explicou Lígia.

— Agora, diante de tudo isso, tomei algumas decisões. A Camila volta a fazer Julieta. Inclusive na estreia.

— É uma injustiça! — gritou Soraya.

— Você fala muito em justiça, mas foi justo o que fez com sua colega?

— Ela roubou meu namorado.

— Não me bota nessa história — disse Bruno, que até então estava em silêncio. — A gente nunca teve nada sério. Com a Camila foi diferente.

Bruno me olhou intensamente. Desviei os olhos. Ele me magoara demais.

A coordenadora continuou:

— Mesmo que fosse verdade, teria sido um problema pessoal que não podia ser resolvido dessa maneira. Você sujou a imagem de Camila. Denegriu a escola também, Soraya. Nunca vamos saber o tamanho desse escândalo, pois você sabe como esse tipo de e-mail corre. Eu não posso fechar os olhos para o que houve.

— Como assim? — reagiu Soraya.

— Você não vai mais fazer a Julieta. Está expulsa da escola, Soraya.

Vi quando o corpo dela bambeou. Suas pernas fraquejaram. Quase caiu.

— Eu sou a melhor atriz da turma.

— A Tieko também está expulsa.

— Mas eu não fiz quase nada, só ajudei...

— Se ajudou, foi cúmplice.

Dona Eliana olhou em torno.

— Parece que o Tadeu não veio. Vou providenciar um comunicado avisando que também está expulso.

— Mas... e o meu papel? Eu sou a Julieta! — insistiu Soraya.

— Só a Camila fará a Julieta. Você pode se trocar, pegar suas coisas e ir embora da escola.

Até eu estava surpresa com a severidade do castigo.

— Errei no começo — confessou a coordenadora — porque fiquei muito assustada com as fotos. Ainda bem que a verdade veio à tona e pude fazer justiça. Agora, espero que todos ensaiem bastante e que, na semana que vem, a peça esteja ótima para estrear. Principalmente você, Camila. Espero que sua estreia no palco seja maravilhosa. Depois de tudo que passou, você merece!

A coordenadora foi para a porta. O professor Cássio sorriu.

— Então, vão se vestir, Camila, Fábio e Heloísa. Hoje vamos ensaiar dobrado.

Antes que eu desse um passo, Soraya gritou para dona Eliana:

— Velha ridícula.

A coordenadora voltou-se.

— Que está dizendo, Soraya?

— Não sabe reconhecer meu talento. Eu sou uma atriz muito melhor que qualquer aluna daqui. Quer saber? Também não preciso desta porcaria de escola.

Soraya rasgou as mangas do vestido e os enfeites de renda do decote.

— Um dia eu vou ser muito famosa. Vou contar pra todo mundo sobre essa escola de...

— Saia imediatamente — disse dona Eliana — ou eu chamo a segurança.

Soraya deu de ombros. Virou-se em minha direção.

— Você, patricinha, não tem o menor talento pra ser atriz. É horrível.

Saiu batendo o pé. Ficamos em silêncio.

A coordenadora, então, falou:

— Espero que entendam que fiz o que é certo. Ninguém pode atacar outra pessoa dessa maneira. Ainda mais pela internet, pois no mundo virtual às vezes é muito difícil diferenciar a verdade da mentira.

Dona Eliana saiu. Mamãe pediu:

— Posso assistir ao ensaio?

O professor ficou em dúvida. Mas eu não.

— Mamãe, estou voltando hoje. Prefiro que você me veja no dia da estreia. Vai gostar mais! E eu vou me sentir mais segura.

— Como vai voltar para casa? Ainda tem muita gente falando das fotos, não quero que vá sozinha.

— Não se preocupe, a gente acompanha a Camila todas as noites até passar essa fase — garantiu Helô.

Papai e mamãe se despediram. Eu estava tão grata!

Esperamos para ter certeza de que Soraya tinha ido embora. Só então fomos para o camarim nos trocar.

Quando pisei no palco, senti uma tremedeira. Voltara a ser Julieta. Bruno era meu Romeu. Como seria o reencontro? Ele mal dissera uma palavra durante toda a discussão. Eu sentia uma grande mágoa. Por outro lado, pensava: "E se fosse comigo? Se visse as fotos de Bruno com outra garota, acreditaria nele?". Tudo o que tinha acontecido ainda me assustava muito.

Comecei com a cena com minha mãe, a senhora Capuleto. Num instante, chegou a hora do baile na casa de Julieta, ao qual Romeu vai disfarçado. Os dois conversam durante a dança. Apaixonam-se no mesmo instante.

Quando Bruno tocou minha mão, meu coração disparou. Ele estava sério. Seus olhos pareciam machucados. E de surpresa me disse, baixinho, na orelha:

122

— Camila, me perdoa. Por favor, me perdoa.

Respirei fundo.

— Diga o texto mais alto, Bruno — pediu o professor, pensando que ele tivesse falado alguma frase da peça.

Queria ficar séria, dizer que ele não me merecia. Não consegui. Sentia de novo o mesmo encantamento. E o encantamento durou até o fim da peça. O professor aplaudiu.

— Camila, você voltou com força total. A sua Julieta está mais linda, mais frágil!

Mesmo com os elogios, eu me sentia insegura. Tanta coisa havia acontecido! Tomei coragem. Pedi para falar com o professor Cássio em particular.

— Professor, diga a verdade. Você acha que eu tenho talento?

— Você tem talento de sobra, Camila. Não se importe com o que a Soraya disse. Tem muito que aprender, é claro, mas pode se tornar uma grande atriz.

Eu me senti tão bem! Agradeci.

Quando me despedi do professor, percebi que Fábio, Helô e Lígia já tinham ido embora. Será que eu havia demorado tanto assim? Eles tinham prometido a meus pais que não me deixariam ir para casa sozinha! Um pouco assustada, me encaminhei para a saída.

Ele estava lá. Bruno.

— Posso ir com você até sua casa?

Meu coração disparou. Lígia, Helô e Fábio certamente tinham combinado com Bruno! Esqueci toda a mágoa, tudo o que eu havia passado nos últimos dias. Eu me atirei nos braços dele. E nos beijamos longamente, porque nós dois sabíamos que, depois de superar tantos problemas, nosso amor era pra valer.

12

A peça estreou uma semana depois. Ficamos duas semanas em cartaz. O teatro esteve sempre cheio. Como a estreia foi adiada, o olheiro da televisão acabou não indo assistir. Todos ficamos um pouco decepcionados. Mas, como explicou o professor Cássio, não foi tão ruim assim.

— Vocês só estão no primeiro ano e têm muita estrada pela frente. É melhor concluírem o curso, interpretarem outros personagens, terem uma formação sólida. Muitas vezes a oportunidade chega cedo demais e a pessoa não consegue aproveitar. É preciso ter bons alicerces!

Eu me entreguei completamente a Julieta. Tanto que o jornal da cidade fez uma reportagem elogiando meu desempenho. "Um dia ela será uma grande atriz", escreveu o crítico.

Quando a temporada da peça acabou, fiquei triste. Interpretar um personagem é viver suas emoções, alegrias e tragédias. Usar o próprio coração e dar vida a um personagem criado por um autor. Sempre vou sentir saudade de Julieta.

Já estou no segundo ano e de vez em quando ainda comentam sobre as fotos. Acho que nunca serão esquecidas completamente! Uma coisa não me sai da cabeça: "Se fossem verdadeiras, a escola teria me apoiado? Expulsado os outros e me deixado ser Julieta?". Na minha opinião, mesmo que alguém tenha fotos íntimas de uma pessoa, não tem o direito de expô-las na internet.

Minha relação com papai e mamãe melhorou muito. Aceitam que eu escolha meus próprios caminhos. Mamãe voltou a ser minha amiga. Passamos horas conversando sobre o que acontece na escola. Também se tornou próxima de Helô, cuja idade, afinal, fica entre a minha e a dela. Batemos papo as três juntas. Mamãe se espanta com a rapidez com que Helô troca de namorado. Sempre diz:

— Camila, eu e você ainda vamos botar juízo na cabeça da Helô.

Fábio largou o curso, apesar de ter feito Romeu em dias alternados. Nunca quis ser ator. Gosta dos computadores. Às vezes nos falamos. Sempre serei grata ao que ele fez por mim. Lígia também deixou a escola de teatro. Prestou vestibular para um curso de moda. E o que é ótimo: ela e Fábio estão namorando!

— Eu me apaixonei por ele quando nos ajudou a desmascarar o Tadeu — contou Lígia.

Termino o ensino médio neste ano e também tenho que pensar em vestibular. Mas a Arte já está nas minhas veias, e pretendo prestar Artes Cênicas ou Cinema.

Tadeu nunca mais apareceu na escola. Também não fui mais à lanchonete. Ouvi dizer que ele voltou para a escola de circo. Nunca mais nem soube de Tieko. Soraya, ao contrário de seus sonhos, não se transformou numa grande atriz. Há três meses eu, mamãe e papai fomos visitar a vovó em São Paulo. Papai parou o carro num posto na saída da cidade. Uma moça de macacão aproximou-se para encher o tanque. Era Soraya. Já estava escuro. Naquele momento, achei que não me viu nem reconheceu meus pais. Quando fomos embora, comentei sobre ela com eles, que também não a haviam reconhecido. Surpreenderam-se. Olhei para trás. Soraya estava de pé, olhando para nosso carro longamente. Só então eu soube que ela tinha me reconhecido. Não tenho nada contra frentistas nem qualquer outra profissão. Mas o abismo entre as ambições de Soraya e seu trabalho atual era tão grande que até doeu. Apesar de tudo que me fez. A verdade é que a vida é feita de escolhas e cada escolha leva para um caminho.

Eu e Bruno passamos por algumas dificuldades depois que reatamos. Tive que superar minha mágoa, ele carregava um sentimento de culpa por ter desconfiado de mim. Mas o amor de Romeu e Julieta, que interpretamos tão intensamente, nos ajudou. Quando jurávamos amor no palco, também falávamos com nossos corações.

Eu e Bruno nos vemos todos os dias. Mamãe às vezes acha que é cedo demais para eu estar tão apaixonada. Sempre me avisa para ter cuidado. Não quer que eu sofra e me decepcione. Diz que o amor nessa idade não é para sempre.

Mas eu acho que pode ser. O que nós sentimos é tão forte que, tenho certeza, nunca vai acabar. Ele é meu Romeu, eu sou sua Julieta. E nos amaremos para sempre.

Bate-papo com

Walcyr Carrasco

A seguir, conheça mais sobre a vida,
a obra e as ideias do autor de
Veneno digital.

ENTREVISTA

Reprodução / Acervo do autor

Sim à arte, não à violência

NOME: Walcyr Carrasco
NASCIMENTO: 1/12/1951
ONDE NASCEU: Bernardino de Campos (SP)
ONDE MORA: São Paulo (SP)
QUE LIVRO MARCOU SUA ADOLESCÊNCIA: todos do Monteiro Lobato e *O apanhador no campo de centeio*, de J. D. Salinger.
MOTIVO PARA ESCREVER UM LIVRO: expressar o que tenho dentro de mim.
MOTIVO PARA LER UM LIVRO: prazer.
PARA QUEM DARIA SINAL ABERTO: São Francisco de Assis.
PARA QUEM FECHARIA O SINAL: Drácula.

Walcyr Carrasco é simpático, bem-humorado, falante e um observador atento do comportamento das pessoas. Gosta de conhecê-las, conversar e de estar com elas. Suas histórias refletem esse profundo entendimento da alma humana.

Nascido no interior de São Paulo, ele é formado em Jornalismo. Também estudou História e isso talvez explique por que muitas das novelas que escreve — e que são grandes sucessos — se passam em outras épocas. Ele ainda atua como colunista na grande imprensa, publicando crônicas.

Walcyr começou a escrever bem cedo. Aos 13 anos, ganhou sua primeira máquina de escrever. Quando completou 17, viu seu primeiro trabalho publicado: uma crônica romântica para o jornalzinho da igreja. Daí em diante, não parou mais. Tem vários livros infantojuvenis no mercado, além de diversas peças destinadas tanto ao público adulto quanto ao infantil.

Na entrevista a seguir, ele comenta sobre bullying, a experiência com outros gêneros textuais e também revela: "Sou romântico".

Entrevista

Nesta obra você trata de um tema muito importante: a violência nos meios digitais. Como nasceu o drama de Camila?

Eu sou apaixonado por internet. Vivo nas redes sociais. Descobri que há um lado perigoso nas redes, que é justamente o bullying. Qualquer coisa que se diga pode se espalhar e adquirir aspecto de verdade, mesmo não sendo. Esse tipo de ação prejudica tremendamente a vida das pessoas. A partir dessa observação, pesquisei alguns casos. O bullying digital é muito mais comum do que se pensa, principalmente entre adolescentes. E nem todos têm final feliz. Na verdade, há casos de garotas e rapazes tremendamente traumatizados. Assim, o drama de Camila acontece, de fato, com muita gente.

Você comentou sobre o bullying. O que pensa desse assunto?

Acho um problema muito sério. Muitas pessoas sofrem agressões, veladas ou não, ou são ridicularizadas, principalmente por colegas de escola. Para várias delas é muito difícil superar esse trauma. Quem pratica o bullying contra alguém também está se destruindo, pois, em vez de investir em valores que a tornem melhor, a pessoa entra num ciclo de violência que a impede de vivenciar sentimentos como solidariedade e amor.

Foi pelos meios digitais que Camila sofreu a maior das agressões de que foi vítima, mas praticamente toda a história se desenrola no plano físico, na escola de teatro. Por que escolheu esse cenário?

Sou autor de textos não só para literatura e TV como também para teatro. É um mundo que conheço de dentro, com muita competição, ciúme, maldade. Quis falar de um lugar que me é familiar e que de certa maneira representa vários outros espaços. Escolas e empresas também têm esse mesmo tipo de competição. O bullying digital pode nascer em qualquer lugar.

Você acha que os casos de bullying e de outros tipos de agressão aumentaram em número ou em intensidade com a popularização de ferramentas tecnológicas e virtuais?

Acho que aumentaram em intensidade, sim. Antes o bullying era restrito à convivência na escola, por exemplo. É óbvio que fazia mal, muito mal. Mas agora pode destruir a vida de uma pessoa em vários níveis, seja ela estudante ou adulto. Na medida em que se espalha pela internet, a mentira fica lá registrada e, como eu disse antes, a fofoca digital ganha ares de verdade.

ENTREVISTA

A narrativa de *Veneno digital* é em primeira pessoa. Essa opção foi uma decisão natural ou você tinha algum objetivo em mente?
Quando começo a escrever uma história, parece que o personagem "fala" comigo e determina como vai ser. A opção pela narrativa em primeira pessoa me possibilitou aprofundar as emoções de Camila e seu sentimento de rejeição e horror diante da agressão.

Violência virtual

Imagine ser agredido diante de um grande público, repetidamente, sem poder fugir e muitas vezes sem descobrir quem está por trás disso. De acordo com pesquisa feita em 2010 pela organização não governamental Plan, 17% dos estudantes brasileiros de 10 a 14 anos já viveram esse drama pelo menos uma vez: foram vítimas de cyberbullying, um tipo de violência que se vale de e-mails, redes sociais, mensagens de texto, etc. para atingir o outro. O bullying virtual se diferencia fundamentalmente do "tradicional" pelo maior alcance e permanência da sua agressão, que excede os limites físicos da escola e invade todos os outros ambientes de vivência da vítima. Especialistas no assunto apontam saídas para prevenir esse problema, que envolvem essencialmente reconstruir os relacionamentos a partir de valores mais positivos, como respeito às diferenças.

Ao longo do texto são apresentados algumas técnicas de representação e alguns exercícios de construção de personagem, conhecimentos que certamente adquiriu em sua carreira de escritor de novelas. Quanto do Walcyr roteirista participou da construção de *Veneno digital*?
Ah, muito. Eu dou, sim, umas dicas, porque acho que todo mundo em algum momento da vida se interessa por teatro, por representar. O método sobre o qual falo é o de Constantin Stanislavski, que ensina o ator a usar as próprias emoções para construir o personagem. Para mim, é o melhor.

Para a montagem de final de ano da turma da escola de teatro, foi selecionada a peça *Romeu e Julieta*. Por que você escolheu Shakespeare?
Eu adoro Shakespeare e, em especial, *Romeu e Julieta*. Acredito também que conhecer um clássico, ainda mais entre os adolescentes, ajuda a construir o senso estético e a despertar a consciência de que teatro e literatura envolvem realidades mais

profundas. Shakespeare é um mestre, é eterno e deve ser conhecido.

Camila nunca imaginou que faria amizade com um garçom ou com uma mulher divorciada até conhecer Tadeu e Helô. Como vê essa mudança na personagem?
É uma mudança importante. Muitas pessoas vivem em uma espécie de castelo, só conhecendo gente do mesmo nível social, com comportamentos similares. Mas conviver com a diversidade é importante para a formação do adolescente, ajuda a entender outros "mundos" e o seu próprio.

Para alguns, a violência sofrida por Camila, por não ser física, pode parecer menos agressiva. Você concorda com essa visão?
Pelo contrário, é mais violenta que a física. A violência moral pode destruir toda a vida de uma pessoa, porque traz insegurança, medo, problemas de relacionamento social. Não é aparente como a violência física e por isso pode ser menos percebida, o que dificulta a ajuda.

Camila se viu sozinha durante a crise pela qual passou: os pais não acreditavam nela, os seus melhores amigos da escola de teatro lhe viraram as costas e até Bruno achou que ela o tinha traído. Por que as pessoas mais próximas de Camila foram as que mais relutaram em confiar no que ela dizia?
Foi o choque. Como eu disse antes, tudo que aparece na internet ganha ares de verdade. Costumamos esquecer que é possível modificar fotos e que o texto é só inventar. Quando vemos a informação

Por fora e por dentro

O ditado popular diz que as aparências enganam, mas será que não deveríamos pensar que as aparências, na verdade, não dizem nada sobre ninguém? Julgar uma pessoa sem conhecê-la é uma atitude superficial que reflete medo daquilo que nos parece diferente. Um exemplo é o da mãe de Camila, que mal viu Helô e a considerou indigna da amizade da filha. Mas, no final, vemos uma aproximação de Leda e Helô, cuja amizade lhes mostrou novos caminhos. Sentimentos preconceituosos como esse nos impedem de descobrir muitas coisas boas, como lugares, comidas, músicas, culturas e formas de pensar. Por que não abrir a cabeça para desbravar esses novos mundos, fazer mais amigos e descobrir novos sabores e novas cores em tudo?

nas redes, o primeiro impulso é acreditar em tudo. E muitas vezes é pura falsificação. Só a firmeza de comportamento pode fazer as pessoas descobrirem onde está a verdade, como fez Camila.

Como recuperar a confiança no relacionamento depois de um abalo como esse?
Acredito que os sentimentos, quando são verdadeiros, vencem qualquer ataque. É assim que Camila, apesar da atitude de Bruno, consegue perdoá-lo. O amor era mais forte. Mas é claro que pelo menos um pouco de desconfiança ela sempre vai ter.

Por terem visto fotos nuas de Camila, algumas pessoas passaram a se achar no direito de agredi-la, inclusive com intenções sexuais. Por que elas se comportaram dessa maneira?
Acho que ainda existe, na cabeça dos rapazes, a ideia de que algumas garotas são para um relacionamento sério e outras, para "se divertir". Ao ver as fotos de Camila nua, os rapazes acharam que ela estaria "disponível". É uma atitude preconceituosa.

Assim como Romeu e Julieta, Bruno e Camila se apaixonam tão logo se conhecem. Você acredita em amor à primeira vista? Ainda: acredita que

o amor deles é para sempre?
Acredito em amor à primeira vista, sim. Eu sou romântico. Também acredito em amor para sempre. Algumas pessoas têm a sorte de encontrá-lo, outras não.

A história tem um final feliz que lembra os de contos de fadas. Por que optou por esse encerramento?
Eu acredito em esperança. Acho que, por maiores que sejam os problemas, é preciso acreditar que vamos vencê-los. Quis transmitir a mensagem de que é possível superar uma agressão, um trauma.

Depois de tudo o que fez, Soraya teve de encarar uma profissão completamente diferente daquela com a qual tanto sonhava. Você acha que Soraya ainda pode se tornar a grande atriz que seu talento prometia?
A personagem de Soraya terá que rever sua atitude perante a vida. Golpes baixos podem até dar certo num primeiro momento, mas no longo prazo são descobertos e a pessoa passa a ser hostilizada. Qualquer profissão implica ter bons contatos, que deem oportunidades. Profissionais de mau caráter mais cedo ou mais tarde destroem seus relacionamentos de trabalho e acabam sendo evitados.

Obras do autor

PELA EDITORA ÁTICA

Balança coração (juvenil, 1995)
Vida de droga (juvenil, 1999)
O menino que trocou a sombra (infantil, 1999)
O golpe do aniversariante (juvenil, 2003)
Iracema em cena (juvenil, 2008)
A ararinha do bico torto (infantil, 2010)
Meus dois pais (infantil, 2010)
Pituxa, a vira-lata (infantil, 2010)
Laís, a fofinha (infantil, 2011)
Rick, o nerd detetive (infantil, 2011)
Daniel no mundo do silêncio (infantil, 2012)

POR OUTRAS EDITORAS

Cadê o super-herói? (infantil, 1984)
As asas do Joel (juvenil, 1987)
Meu encontro com Papai Noel (infantil, 1987)
A corrente da vida (juvenil, 1994)
Meu primeiro beijo (juvenil, 1997)
O selvagem (infantil, 1998)
O anjo linguarudo (juvenil, 1999)
O mistério da gruta (juvenil, 2002)
Estrelas tortas (juvenil, 2003)
Irmão negro (juvenil, 2003)
O garoto da novela (juvenil, 2003)
O menino narigudo (juvenil, 2003)
Abaixo o bicho-papão (infantil, 2005)
A menina que queria ser anjo (infantil, 2005)
Carolina (infantil, 2005)
Camarões x tartarugas (infantil, 2006)
Em busca de um sonho (juvenil, 2006)
A palavra não dita (juvenil, 2007)
Estrela curiosa (infantil, 2008)
O jacaré com dor de dente (infantil, 2008)
Lendas e fábulas do folclore brasileiro (infantil, 2009)
Histórias para a sala de aula (crônicas, 2009)